Cendrillon, l'Albatros
et le père Noël

Jan Bodin

Cendrillon, l'Albatros et le père Noël

Théâtre

© 2024 Jan Bodin
contact.janbodin@gmail.com

Édition : BoD – Books on Demand, info@bod.fr
Impression : BoD – Books on Demand,
In de Tarpen 42, Norderstedt (Allemagne)
Impression à la demande
ISBN : 978-2-3225-2497-6
Dépôt légal : Mars 2024

PERSONNAGES

Albert Hosse, professeur de lettres modernes.
Marc Lassouche, professeur de maths.
Martine Ducroc, professeur de lettres classiques.
Poupette, première de la classe.
Léon, cancre.
Guenièvre Ducroc, fille de Martine.
Mme Dogue, principale du collège.
M. Dogue, mari de la principale.

Décor : Une salle de répétition vide, sans autre mobilier qu'une série de chaises rangées dans le fond.

Des voix joyeuses retentissent en coulisses, faisant varier la même phrase :

VOIX 1 : Bonnes vacances de Noël, Monsieur, et joyeuses fêtes !

VOIX 2 : Bonnes vacances de Noël, Monsieur, et joyeuses fêtes !

VOIX 3 : Bonnes vacances de Noël, Monsieur, et joyeuses fêtes !

Marc entre à reculons, souriant vers la coulisse. Il porte un cartable orné d'une guirlande et de boules de Noël.

MARC : Merci, les enfants ! Je vous souhaite, moi aussi, de bonnes vacances de Noël… et de joyeuses fêtes !

Albert entre brusquement, dépassant Marc.

ALBERT *(l'air sombre)* : Oui oui d'accord bonnes vacances !

UNE VOIX : Et joyeuses fêtes !

MARC *(toujours souriant)* : Oui oui ! Et joyeuses fêtes !

UNE AUTRE VOIX : Monsieur ! Monsieur !...

MARC *(se rapprochant de la coulisse)* : Oui ?

LES TROIS VOIX *(en chœur)* : Et ça commence ce soir !

MARC : Eh oui ! Ça commence ce soir !

UNE DES VOIX : Monsieur ! Monsieur !...

MARC : Oui ?

UNE VOIX : Nous allons avoir une visite !

MARC : Tu en as l'air bien sûr ?

UNE AUTRE VOIX : Si, M'sieur, ils ont annoncé vingt centimètres de neige !

UNE AUTRE VOIX : Au minimum !

MARC : Alors, c'est sûr, ça commence vraiment ce soir !

UNE DES VOIX : Mais M'sieur, M'sieur !... Gare au père La Charrette !

MARC : Oui ! Gare au père La Charrette !... Comme disait mon grand-père : « amuse-té, mais muche-té ».

UNE DES VOIX : Ma mère, elle le dit aussi : « amuse-té, mais muche-té » !

Les trois voix s'éloignent, répétant joyeusement cette dernière phrase.

ALBERT : « Gare au père La Charrette », « Amuse-té mais muche-té » ! Si un étranger surprenait cette conversation, il se demanderait où il a atterri !

MARC : C'est le folklore local, mon cher Albert : « Amuse-té mais muche-té », ça veut dire : « amuse-toi mais cache-toi ».

ALBERT : Merci, Marc, je connais en détail les mœurs très particulières de ce trou perdu…

MARC : Trou perdu ! Trou perdu !

ALBERT : Ah pardon, de Trou-le-Petit, perle du Choutrouxois, enchâssée dans sa forêt domaniale !…

MARC : Recelant des sites remarquables !

ALBERT : Oui, La Perdurie-Les-Errants, le Ravin des Mésaventurés...

MARC : Le Marais des Engloutis !

ALBERT : Rien qu'à évoquer ces lieux, on comprend bien pourquoi ici, ça ne suffit pas d'arroser copieusement Noël et Nouvel An : il faut commencer à se bourrer la gueule dès la nuit du solstice !...

MARC : Eh bien alors, si tu connais, pourquoi tu fais cette tête ? La grande nuit de la Choutrouille, c'est quand même quelque chose d'unique ! La nuit du solstice d'hiver où l'on attend la visite du Choutroux, le dieu de la forêt, qui, va venir frapper à nos portes de ses grandes mains de neige !...

ALBERT : Si neige il y a...

MARC : T'as pas entendu ? Ils ont annoncé plus de vingt centimètres... Non mais, si encore tu étais comme moi dans l'organisation de la soirée... Mais là, tu n'as rien à faire, alors lâche-toi... Ah au fait, il faut que j'aille voir Antoine avant qu'il s'en aille...

Il sort. On entend de nouveau une voix d'élève : Bonnes vacances de Noël, Monsieur, et joyeuses fêtes !

MARC : Oui, toi aussi !

ALBERT : Mais qu'est-ce qu'ils ont tous à se souhaiter bonnes vacances, alors qu'il n'est que *(regardant sa montre)* trois heures et demi !... Trois heures et demi ! Ils vont arriver ! Je vais préparer les chaises !

Il installe quelques chaises puis se met à compter :
Olympe, Guenièvre, Rictrude, Poupette, Léon, Jacky… plus les quintuplés *(il compte sur ses doigts)* Allan, Donovan… Ben forcément, il sont cinq, j'suis bête, plus moi et Marc, ça fait cinq et deux sept et six treize !... Treize ! Ça porte malheur ! *(Il compte les chaises)* Déjà, je n'ai pas assez de chaises !... Allez, pour les quintuplés, une ça suffit… *(Il s'apprête à sortir une nouvelle chaise mais se tourne soudain vers l'une de celles déjà installées)* Qu'est-ce qu'il y a, Poupette ?... Tu ne veux pas être à côté de Léon… Eh bien, on va mettre Olympe à la place de Léon… Et Léon va venir ici… *(il intervertit les chaises)* Voilà… *(satisfait, comme s'il avait déjà terminé sa tâche)* Bon, ils vont arriver… *(un temps)* Mais non, quel idiot, quelqu'un est déjà là ! *(parlant à son cartable)* Inutile de te cacher !... Je sais que tu es là !... Allez ! Sors de ta cachette !... *(un temps)* Tant pis, tu l'auras voulu !...

Il prend son cartable, l'ouvre et en sort une marionnette fabriquée sommairement avec une chaussette, du carton (pour la langue) et deux balles de ping-pong (pour les yeux)… Il enfile celle-ci sur une de ses mains.

Alors, petite canaille, tu crois que j'ai le temps de jouer à cache-cache ? La prochaine fois que je t'appelle, tu viens !

LA MARIONNETTE (*dont la voix est contrefaite par Albert*) : Oui, mais c'est parce que j'ai peur…

ALBERT : Peur ? De quoi ?

LA MARIONNETTE : Des élèves.

ALBERT : Pourquoi donc ! Ils ne vont pas te manger !

LA MARIONNETTE : Je n'ai jamais parlé en public…

ALBERT : Je t'ai dit que tu ne parlerais pas… C'est moi qui te présenterai…

LA MARIONNETTE : Et si ça tourne mal ?

ALBERT : Pourquoi veux-tu que ça tourne mal ?

LA MARIONNETTE : On ne pourrait pas faire une petite répétition ?

ALBERT : Encore une !

LA MARIONNETTE : Oui.

ALBERT : Bon allez, viens là… (*Il s'assoit*) Non reste cachée ! Attends mon signal pour te montrer.

(La marionnette se cache, par exemple sous son bras gauche s'il est droitier) Bien. *(Il commence un discours)* Mes amis…

LA MARIONNETTE : Tu ne trouves pas que c'est un peu hypocrite, « mes amis » ? Surtout avec ce que tu dois leur annoncer !

ALBERT : « Les enfants » ?

LA MARIONNETTE : Très bien « Les enfants » !

ALBERT : Les enfants, je suis heureux de vous retrouver pour vous annoncer une excellente nouvelle : l'arrivée au sein de notre équipe d'une nouvelle actrice. *(Il montre la marionnette)* : Cochetta. Le prénom Cochetta vient du nom « cauchette » qui dans notre patois, vous le savez, signifie chaussette. Mais Cochetta n'est pas une simple chaussette, Cochetta est une grande actrice, et même une actrice parfaite. N'est-ce pas, Cochetta ?

LA MARIONNETTE : Non.

ALBERT : Comment ça, non ?

LA MARIONNETTE : J'ai un gros défaut.

ALBERT : En plus elle est modeste ! Et quel défaut ?

LA MARIONNETTE : Je n'ai pas de rôle, et ce n'est pas drôle !

ALBERT : Mais détrompe-toi, ma chère Cochetta ! Tu as un rôle ! Tu as même TOUS les rôles !... *(Silence théâtral)* Voilà, vous avez entendu ? C'est elle qui prend tous les rôles… Et vous, c'est fini : vous pouvez partir… C'est tout ce que j'avais à vous dire. *(Il se lève, sinistre, et sort. Puis revient, furieux et, s'adressant aux chaises…)* Quoi ? Vous ne comprenez pas ? Vous ne comprenez pas ! Je vous avais pourtant prévenus que je vous remplacerai par des marionnettes !... Pourquoi ?... Mais vous le savez bien pourquoi ! Les retards ! Les absences ! Le manque de sérieux ! Avec elle, tout ça, c'est fini ! Elle sera aussi ponctuelle que moi. Et au moindre problème dans sa famille, j'en serai averti, parce que sa famille, c'est moi !... Et maintenant, regardez ce qu'elle fait… *(avec la bouche de la marionnette, il saisit une chaise et la soulève)* Elle range ! Et alors, pour ce qui est du travail théâtral, attention ! Écoutez-la !

LA MARIONNETTE : Je ferai tout ce que tu me demandes ! Je m'investirai à fond ! Je ferai corps avec tes idées, avec ton âââme !

ALBERT : Ça, c'est du bon esprit : volontaire, ne contestant aucune décision… Ni le texte… Et en parlant de texte, je peux vous dire qu'elle en connaît un rayon ! Aussi bien que moi !... Voilà, j'ai fini, la réunion est terminée... Ah si, une dernière chose, quand même... MERCI... Merci et bravo pour votre nullité ! Qui m'a libéré ! D'habitude, la nullité des élèves m'empêche d'avancer, mais la vôtre était tellement énorme qu'elle m'a projeté en avant, me forçant à affronter mon destin d'artiste. Qui, rassurez-vous, n'est pas un destin solitaire : grâce à Cochetta, et à toute sa famille. Car elle a une famille, une grande famille…

LA MARIONNETTE : Tout un tiroir de garde-robe.

ALBERT : Et moi j'ai deux mains et deux pieds, de quoi animer un super club de marionnettes !

Retour de Marc.

MARC : Ah les marionnettes ! Tu vas encore leur parler des marionnettes !… Tu trouves pas que c'est un peu répétitif ?

ALBERT : Oui, mais cette fois…

MARC : Non, mais, si c'est pour remettre ça sur le tapis, je peux m'en passer… Et ça tombe bien parce que je dois aller à La Perdurie…

ALBERT : À La Perdurie ?

MARC : Ben oui, à cause de la Choutrouille : je dois superviser la fabrication de la bouillasse !… Ils sont pas cools, ils m'avaient promis d'attendre dix-sept heures et je viens d'apprendre qu'ils avaient commencé !

ALBERT : Mais pourquoi tu dois superviser la fabrication de la bouillasse ? Tu n'es pas le Barbouilleux ?

MARC : Mais si, cette année, c'est moi !

ALBERT : Toi, le Barbouilleux !? Mais c'est incroyable ! Qu'est-ce qui s'est passé ?

MARC *(tragique)* : Je me suis porté volontaire.

ALBERT : Quelle idée !

MARC : En tant que représentant du corps enseignant, je me dois de défendre la culture, dans une période où la société est de plus en plus tournée vers le…

ALBERT : Non, mais arrête !… Toi, le boute-en-train, l'animateur vedette de la Choutrouille des sept vallées, le champion du lancer de tartes à la bouillasse, tu acceptes de te mettre à part pour jouer le rôle du Barbouilleux, le trouble-fête qui passe la soirée dans son coin à lire les auteurs à voix haute ?

MARC : Il en faut bien un…

ALBERT : Ah oui ! Ce serait dommage de se passer de ce moment hautement culturel où tout le monde lui jette des tartes à la bouillasse en pleine figure !

MARC : Pas que !… Pas que !… À la base, il faut pas oublier que le Barbouilleux sert de garantie au cas où le père La Charrette ferait une descente…

ALBERT : Le père La Charrette ? Mais c'est une légende !

MARC : Fondée sur des faits réels ! Romuald m'a passé un bouquin où l'on raconte que lors du solstice d'hiver de 1462, qui était tombé un 23 décembre, la fête de la Choutrouille avait généré un tel déchaînement de bestialité qu'un bûcheron s'était transformé en sanglier !

ALBERT *(inquiet pour la santé mentale de son collègue)* : Oh là là…

MARC : Si si !... Même que l'évêque a réclamé des secours de Rome, qui a envoyé une sorte d'inquisiteur, un moine très cruel qui faisait rôtir les condamnés à la broche ! Il s'appelait El Caretto, mais on l'a vite appelé « Le père la Charrette », ou « El père El Kérette », parce que les moins fautifs, il les mettait dans une charrette pour les conduire à l'abbaye de Saint-Pierre-Aux-Bois, afin de leur apprendre à lire et à compter... D'où son deuxième surnom : l'Institueur...

ALBERT : Tu veux dire l'instituteur ?

MARC *(dramatique)* : Non : l'Insti-TUEUR : en dessous de dix de moyenne, couic ! *(geste de l'index coupant la gorge)*

ALBERT : Oui enfin bon... Mais moi ce que je ne comprends pas, c'est pourquoi il faut que ce soit toi qui fasse le Barbouilleux ? Vous auriez pu reprendre celui de l'année dernière !

MARC : L'année dernière, c'était Léon.

ALBERT : Léon ? Notre Léon ? *(il montre la chaise de Léon)*

MARC : Oui ! Alors, tu comprends, il sait à peine lire, c'était pas marrant !... Et l'année d'avant...

ALBERT : C'était moi, merci, je m'en souviens !... Plus jamais ça, tu entends, plus jamais ça...

MARC : Donc si ça ne peut pas être Léon, si ça ne peut pas être toi, ça ne peut être que moi !...

Puisqu'il en faut un ! On ne peut pas s'en passer ! Ce serait trop dangereux !

ALBERT : Mais arrête ! C'est une légende !

MARC : Le moine El Caretto, c'est pas une légende !

ALBERT : Mais il est mort, ce moine !

MARC : Oui, mais son esprit rôde !… On entend sa charrette les soirs de neige à travers le blizzard… Si on n'y prend garde, il va nous embrocher ou nous emporter jusqu'à son école qui est devenue invisible, comme lui, parce qu'elle est sûrement sous la terre, aux portes de l'Enfer !

Un temps. Albert observe Marc.

ALBERT : Attends… Ne me dis pas que tu fais le Barbouilleux parce que tu crains personnellement le père La Charrette ?…

MARC : J'ai beaucoup abusé, ces dernières années… Il sera peut-être plus clément avec moi, s'il me voit lire des grands auteurs…

ALBERT : Et qu'est-ce que tu vas lire ?

MARC : Je suis allé au CDI et j'ai pris tout ce qui sent le moisi… Des choses très bien, apparemment :

elles n'intéressent pas du tout les élèves... En musique de fond, Romuald m'a conseillé *Le Chant de la Terre*, de Mahler... *(Il sort un papier de sa poche)* J'ai bricolé une présentation mais j'ai pas le temps de te la lire... En tout cas, avec ça, je sens qu'ils vont bien se défouler... C'est pourquoi il faut que j'y aille... Ils voudraient faire la bouillasse à base de compote ! Moi je veux du flan... C'est quand même plus distingué, une tarte au flan qui dégouline sur la cravate ! Non ?... Et c'est moi qui décide, donc je te laisse.

ALBERT : Mais la réunion ?

MARC : Ben ça y est, j'ai entendu.

ALBERT : Mais enfin, on forme une équipe !... Je vais parler des absences, et toi, tu n'es pas là ?

MARC : Ah oui, c'est vrai, tu as raison... Merde, c'est con ! C'est vraiment con... Allez, je t'envoie les élèves, je crois qu'ils attendent dans la cour.

Il sort.

ALBERT : Mais franchement, il est pas net !... Et c'est comme ça depuis des mois !

Des grognements et des grattements retentissent en coulisses.

ALBERT *(à la cantonade)* : Evan, Sulivan, Donovan, Jonathan et Dylan, vous entrez ! Je sais que vous êtes là ! Et ça ne me fait pas rire !

Entrée de Mme Dogue, la principale.

ALBERT : Ah ! Pardon Madame Dogue, je parlais aux élèves.

Mme DOGUE *(intriguée)* : Quels élèves ? Vous avez vu des élèves ?

Tout en parlant, Mme Dogue examine la salle dans ses moindres recoins, comme si elle cherchait quelque chose ou quelqu'un.

ALBERT : Non mais j'ai entendu des cris, des grognements…

Mme DOGUE *(l'air embêté)* : Des cris, des grognements ?… Vous avez entendu des cris et des grognements !… Vous êtes sûr ?… Mais aussi, qu'est-ce que vous faites là, tout seul, Monsieur Hosse ? Vous savez bien qu'on imagine des choses quand on est seul !... Vous attendez quoi, là ?

ALBERT : Une réunion.

Mme DOGUE : Une réunion ?

ALBERT : Du club théâtre.

Mme DOGUE : Le club théâtre ?… Ah oui, le fameux club théâtre qui remet toujours à l'année suivante le spectacle dont il aurait pu nous débarrasser l'année précédente…

ALBERT : Oui mais si nous avons reporté c'est parce que Jacky est arrivé premier au championnat, ce qui nous a obligés à intervertir les…

Mme DOGUE : Mais je plaisante ! Je plaisante ! J'attends avec impatience de voir ce que vous nous concoctez ! Et je ne suis pas la seule : tout le monde au collège retient son souffle ! Et les parents aussi ! Ne nous décevez pas ! De la grâce, du brillant ! Ne cherchez pas la profondeur, vos collègues s'en chargent. Vous êtes la vitrine. Et une vitrine, c'est en surface, c'est très fin… Et c'est fragile, très fragile… Alors ne vous cassez pas… Je peux vous dire que ça ferait des éclats… Je dis ça parce que j'ai eu des échos par une de vos actrices… Vous savez, la petite Ducroc, la fille de votre collègue… Eh bien je suis heureuse de voir que ça continue…. Et, au fait, c'est quoi, le sujet ?

ALBERT : De la réunion ?

Mme DOGUE : Non, de la pièce !

ALBERT : Cendrillon.

Mme DOGUE *(faisant mine de chercher dans sa mémoire, pour se moquer)* : Attendez, ça me dit quelque chose…

ALBERT : Enfin c'est une adaptation… L'histoire ne se passe pas dans un château mais au collège. Et l'héroïne s'appelle Sandrine Hion…

Mme DOGUE : « Sandrine Hion » ? Dans un collège ? Mais alors, qu'est-ce qui reste de Cendrillon ?

ALBERT *(s'enflammant peu à peu)* : Eh bien, l'essentiel ! Tout comme Cendrillon, Sandrine Hion est méprisée par son entourage ! Et pourtant, elle possède une beauté cachée, non tant physique que morale et intellectuelle : c'est une surdouée qui s'ignore !

Mme DOGUE : Une surdouée qui s'ignore ?

ALBERT : Et devinez qui est la bonne fée qui va lui révéler ses talents cachés ?

Mme DOGUE : Une fée dans un collège ?… Attendez voir… Vous n'avez quand même pas pensé à…

ALBERT : Si !

Mme DOGUE : Moi !

ALBERT : Non, Mme Dogue... Mais vous auriez pu... J'ai plutôt pensé à la conseillère d'orientation... À cause des tests de QI.

Mme DOGUE : Des tests de QI, bon d'accord, mais la scène du bal, la grande scène avec le soulier de vair ? Qu'est-ce que ça devient ?

ALBERT : Un concours de poésie au niveau national !

Mme DOGUE : Ah bon ?

ALBERT : Sur Baudelaire.

Mme DOGUE : Baudelaire ? Quelle drôle d'idée ?

ALBERT : C'est à cause de *l'Albatros*... Vous savez ce poème célèbre qui commence par...

Mme DOGUE :
« Souvent pour s'amuser, les hommes d'équipage prennent des Albatros, gnagna gnagna gnagna »... Mais quel rapport avec le bal, avec le soulier ?

ALBERT : Eh bien, Sandrine écrit un poème qui s'inspire de *L'Albatros*, et qui arrive premier au concours : c'est ça, le soulier.

Mme DOGUE : C'est ça le soulier ?

ALBERT : Oui, par méchanceté, on a effacé le nom de Sandrine sur la copie…

Mme DOGUE : Mais comment on va faire pour la retrouver ?… En comparant ses pieds avec les pieds des vers ? C'est quand même pas la même chose... Et c'est une scène importante !

ALBERT : C'est la plus belle de la pièce ! Imaginez un poète descendu tout droit de son Parnasse, accompagné de l'inspecteur d'Académie…

Mme DOGUE : Ah ! L'inspecteur d'Académie est dans la pièce ! Il m'avait caché ça !… Je plaisante, mais il faut que je le prévienne…

ALBERT *(il grimace à peine, puis reprend)* : Les élèves candidats défilent en déclamant le poème anonyme. Mais c'est un massacre. Survient alors Sandrine, punie par la marâtre…

Mme DOGUE : La marâtre ? Ah oui la marâtre ! Qui est-ce ?

Silence.

Mme DOGUE : Ne me dites pas que…

ALBERT : Si.

Mme DOGUE : Je suis la marâtre ?

ALBERT : Mais non ! … De toute façon, vous n'êtes pas du tout dans la pièce !

Mme DOGUE : Ah.

ALBERT : Non c'est une prof… De lettres… heu…

Mme DOGUE : Laissez-moi deviner… Une prof de lettres… classiques ?… *(silence d'Albert)*… Eh bien, bonjour l'ambiance en salle des profs… Enfin, tant que ce n'est pas moi. Bien, vous me ferez un résumé, que j'envoie ça à l'inspecteur, avec l'invitation… Si ça peut servir à débloquer des crédits…

ALBERT : Oui mais…

Mme DOGUE : Oui mais ?

ALBERT : Le résumé, c'est le même que celui de l'année dernière.

Mme DOGUE : Vous m'en ferez un nouveau. Je n'ai pas le temps de chercher.

Elle sort. Grognements en coulisses.

ALBERT : Hé ho, les quintuplés, ça va bien !

Retour de Mme Dogue.

Mme DOGUE : Les quintuplés ? Quels quintuplés ?

ALBERT : Eh bien, ceux de 4ème B…

Mme DOGUE : Je ne vois pas où vous êtes allé chercher ça : il n'y a pas de quintuplés dans le couloir… Faites attention à vous, M. Hosse…. Et n'oubliez pas : le résumé !…

Elle sort. Albert tend l'oreille : rien.
Retour de Marc, avec Poupette.

MARC : J'ai eu du mal à la trouver. Elle était blottie sous l'escalier comme la Petite Fille aux allumettes… Tiens, c'était pas mal aussi, comme histoire, *La Petite Fille aux allumettes* !…

POUPETTE *(dont les lèvres sont gelées)* : ha heu hi hi hau ha hu hè, héhè hien hauhi !

ALBERT : Qu'est-ce qu'elle dit ?

MARC : Elle est congelée... Je crois qu'elle nous dit : « *La Petite Fille aux allumettes*, j'aimais bien aussi ». *(Albert hausse les épaules)*. Dis, j'ai trouvé une solution pour mon absence à la réunion : j'ai rencontré Martine qui est d'accord pour me remplacer.

ALBERT : Martine !

MARC : Oui, ça fera plus sérieux. Tu pourras même me citer en exemple : « Quand M. Lassouche est absent, il trouve quelqu'un pour le remplacer, lui ! »

ALBERT : Martine !… Allons, t'as pas fait ça !

MARC : Ben si. Tu vois que je suis pas totalement irresponsable…

POUPETTE *(qui s'est un peu dégourdi les lèvres)* : Heusieur… Je h'répare la salle ?

ALBERT : Oui si tu veux…. Enfin, c'est déjà…
À Marc : Mais enfin, Marc, t'es au courant de la situation !

MARC : Quelle situation ?

ALBERT : Eh bien les manœuvres de Martine pour prendre le contrôle du club théâtre ! Ça fait cinq ans que je déjoue ses plans ! Mais cette année, elle a réussi un grand coup : elle a noyauté l'équipe avec un sous-marin !

MARC : Un sous-marin ?

ALBERT : Guenièvre !

MARC : Guenièvre ?

ALBERT : Ben oui, sa fille… Tu n'as pas compris que c'était une taupe ? Elle a infiltré sa fille pour nous espionner !

MARC : Oh là là… Un sous-marin, une taupe !… On navigue dans les eaux profondes de la guerre froide, là !

ALBERT : La guerre froide, c'est le terme exact !

MARC : Ben je vais pas attendre qu'on recasse le mur de Berlin, je vais me casser moi-même !… Le flanc, ça n'attend pas !

Il sort. Pendant ce temps, Poupette a installé d'autres chaises.

ALBERT *(comptant les chaises)* : Poupette, tu es sûre du nombre de chaises ?

POUPETTE *(assise sagement sur une des chaises)* : Oui… Ah ! pardon, je crois comprendre que Monsieur Lassouche sera absent...

Elle se lève et enlève une chaise.

ALBERT : Je sens que tu as de mauvaises nouvelles à m'annoncer...

POUPETTE : Non... Enfin, si... J'en ai peut-être une...

ALBERT : Laisse-moi deviner... Rictrude ?

POUPETTE : Oui mais Rictrude, c'est normal... Et cette fois, vous avez failli la croiser : elle avait décidé de ne pas être malade, aujourd'hui... pour ne pas rater le repas de Noël...

ALBERT : Et ?

POUPETTE : À midi, elle s'est ruée sur les toasts et elle en a avalé un de travers : ambulance.

ALBERT : Si ça, ce n'est pas une mauvaise nouvelle, c'est quoi, la mauvaise nouvelle ?... Olympe ?

POUPETTE : Mais non, Olympe, c'est normal ! Vous savez bien qu'elle déménage !

ALBERT : Ça fait trois mois qu'elle déménage ! C'est pas encore fini ?

POUPETTE : Elle refait l'agencement de sa chambre : son piano vient d'arriver !

ALBERT : Donc pas de Rictrude, pas d'Olympe, et tu vas me dire que Jacky a un entraînement ?

POUPETTE : En principe oui, mais il a annulé : il s'entraîne pour le lancer de tartes à la bouillasse… Il remplace M. Lassouche…

Grognements et hurlements en coulisses, qui exaspèrent Albert.

ALBERT *(criant vers la coulisse)* : Et les quintuplés qui ont été recrutés pour une particularité génétique leur permettant d'être absents quatre fois sur cinq tout en étant toujours présents puisqu'ils n'assurent qu'un seul rôle à eux cinq, et un rôle minus, sans texte, qui au demeurant est tellement minable qu'on peut se passer d'eux la plupart du temps, et d'ailleurs je ne vois pas pourquoi je leur ai demandé de venir… *(plus calme, à Poupette)* Tu vas me dire qu'eux aussi, ils ne viennent pas *(hurlant de nouveau vers le couloir)* alors qu'ils hurlent comme des putois depuis une heure dans le couloir !

POUPETTE : Je les ai vus dans la cour, je leur ai parlé de la réunion… Ils m'ont répondu que…

ALBERT : Que ?

POUPETTE : Que vous pouviez toujours croire au père Noël…

ALBERT : Ah ! C'est ce qu'ils ont dit ? Eh bien regarde ce que je vais faire !

Il replace la chaise retirée.

ALBERT : Je crois au père Noël !

POUPETTE : C'est ça qui est bien, avec vous, M. Hosse : vous gardez toujours la foi, quoiqu'il arrive. Grâce à vous, je suis sûre qu'on ira jusqu'au bout du projet… Vous savez, ce spectacle est important pour moi ! Je veux montrer à mes parents, à mes amis, ce dont je suis capable !… Pas seulement d'être une élève sage et studieuse… Mais une fille exubérante, et tellement communicative qu'elle peut vous entraîner dans un tourbillon d'émotions… J'ai pas l'air comme ça, mais quand je suis décidée, je peux être un vrai volcan en irruption !

ALBERT *(légèrement sceptique)* : Ah bon… Mais quand je dis que je crois au père Noël, ce n'est pas une simple histoire de foi !… Je crois au père Noël, parce qu'il va réellement venir !… Mais si ! Comme l'année dernière et l'année d'avant !… N'oublions pas que ce collège est un tout petit collège de campagne, égaré en bordure de forêt. Avec toute cette neige, il ressemble à un gros chalet perdu dans la montagne. Aussi est-il de tradition que le dernier jour avant les vacances, à cinq heures sonnantes, de joyeuses ribambelles d'élèves se déversent dans la cour et découvrent avec béatitude le père Noël qui les attend en souriant et les accompagnera jusqu'à la barrière, en leur dispensant sucreries et gentillesse… C'est le plus beau moment de l'année et tu crois qu'un seul élève voudrait rater ça ?… C'est pour cette raison que j'ai programmé la réunion aujourd'hui à cette heure : je suis sûr que tout le monde sera là… Même Rictrude, malgré son étranglement, quitte à venir en civière à roulettes !

POUPETTE : Ah ! C'est ça que vous vouliez dire…

Elle se lève et range de nouveau une chaise. Peut-être, au cours de la conversation, va-t-elle même en ranger d'autres, pour n'en laisser qu'une ou deux sur la scène et dégager ainsi l'espace de jeu.

ALBERT : Mais Poupette, qu'est-ce que tu fais ?

POUPETTE : Vous savez bien que cette tradition est suspendue lorsqu'elle tombe le jour du solstice d'hiver, à cause d'une autre tradition qui est plus importante : la Choutrouille. Or c'est le cas aujourd'hui : nous sommes au solstice d'hiver, donc pas de père Noël. Les villageois se consacrent entièrement au Choutroux, le dieu de la forêt… Faut surtout pas rigoler avec ça ! Il paraît qu'une fois, quelqu'un a essayé de se déguiser en père Noël un jour de Choutrouille : il a failli y laisser sa peau !

ALBERT : Pourtant l'année dernière…

POUPETTE : L'année dernière, ce n'était pas le même jour. Et en plus, vous n'avez pas entendu les élèves qui n'arrêtent pas de se dire bonnes vacances ?

ALBERT : À peine…

POUPETTE : C'est à cause de la neige : les bus vont bientôt passer… La journée est finie !

ALBERT : C'était donc ça, la mauvaise nouvelle !

POUPETTE : Non, ça c'est logique. La mauvaise nouvelle, c'est pire…

Voix de Guenièvre et Martine qui approchent…

ALBERT : C'est ça, la mauvaise nouvelle ? Guenièvre et sa mère ?

POUPETTE : Non. Ça, vous le saviez.

Entrée de Guenièvre qui marque un arrêt puis ressort. Réapparaissant aussitôt avec Martine. Elles sont très remontées contre Albert.

GUENIÈVRE : Maman, devine ce qu'ils viennent de faire !

MARTINE : Quoi ?

GUENIÈVRE : Rien !… Je suis arrivée : silence !

MARTINE : Ce que je te disais !… Bon, Albert, rassure-toi, nous ne faisons que passer, simplement pour te dire le fond de ma pensée.

GUENIÈVRE : Et le mien !

MARTINE : Oui, et le sien. Alors, tout d'abord, je te trouve drôlement gonflé de me demander de remplacer Marc à ta réunion !

ALBERT : Mais non, je ne…

MARTINE : Mais si. Cela fait des années que je frappe humblement à la porte de ton club, pour y proposer ma contribution, vous faire bénéficier de mes différents stages : placement de la voix, mise en espace, scénographie, masques, etc… que des stages animés par Jean-Claude !

ALBERT : Oui, bon, moi aussi, j'ai fait des stages avec Jean-Claude ! Tout le monde a fait des stages avec Jean-Claude ! Tu demandes en salle des profs, dans la rue…

MARTINE : Effectivement, tu as fait UN stage avec Jean-Claude. Et il m'en a parlé… Je sais tout, Albert.

ALBERT : Quoi ?...

MARTINE : Allons ! L'esclandre que tu as fait pour ne pas travailler avec le groupe qu'il t'avait assigné !...

ALBERT : Ah oui ! Ce truc-là !

MARTINE : Et justement, c'est de ta conception très particulière du travail en groupe que je voudrais te parler... Tu fais tout tout seul...

ALBERT : Mais non !... Cette réunion, par exemple ?

MARTINE : Justement, cette réunion, qui l'a décidée ? Guenièvre, Jacky, Léon ? Non : toi ! Toi tout seul !

ALBERT : Forcément, c'était pour leur annoncer ma décision de...

MARTINE : TA décision !... Tu vois, tu ramènes tout à toi ! Qui a décidé de cette décision ? Toi, toi tout seul.

ALBERT : C'est normal puisque...

MARTINE : Qui a décidé du sujet de la pièce ? Qui a décidé de l'horaire du club ?

GUENIÈVRE *(soufflant à sa mère)* : Qui a décidé de la distribution !

MARTINE : Oui, qui a décidé de la distribution ?

GUENIÈVRE *(idem)* : Au mépris de toute logique.

MARTINE : Au mépris de toute logique.

ALBERT : Mais quand même, il me semble que je fais un peu attention aux élèves…

MARTINE : Mais bien sûr : c'est une manière tellement facile de se donner bonne conscience !… Mais même quand tu penses aux autres, c'est toujours TOI qui penses aux autres… Dans ton petit égo !

ALBERT : Oui mais enfin là heu…

GUENIÈVRE *(soufflant à sa mère)* : Le goûter.

MARTINE : Le goûter, par exemple ! Si je n'avais pas mis le holà, tu t'octroyais le prestige d'apporter le goûter tous les vendredis, en plus avec l'argent du foyer socio-éducatif ! Mais j'ai dit à Guenièvre : ne te laisse pas faire !

GUENIÈVRE : Et j'ai proposé un roulement.

MARTINE : Et elle a proposé un roulement.

ALBERT : Et du coup, on n'a plus rien… Sauf la semaine dernière où Poupette avait essayé de faire des… C'était quoi à la base ? Des gaufrettes ?

POUPETTE *(vexée)* : Des macarons.

MARTINE : Poupette ! Tu oses l'appeler Poupette !

ALBERT : Tout le monde l'appelle Poupette.

MARTINE : Non ! Les élèves l'appellent Poupette. Les élèves l'affublent de ce nom pour la punir de son excellence.

ALBERT : Mais non, c'est son vrai prénom !… Dis-lui, Poupette.

POUPETTE *(digne)* : Il a raison, Madame. Je suis le fruit d'une attente qui dura des décennies. Quand, au soir de leur vie, mes parents virent enfin leur vœu exaucé, ils s'abandonnèrent à une émotion qui aggrava des troubles de l'attention bien compréhensibles à cet âge. Un chaton venait d'arriver à la maison, il prit le nom de Ludivine. Et moi, je reçus le prénom de Poupette. Ce prénom vous paraît sans doute ridicule, et je peux le comprendre, mais pour moi, il est le résultat d'une joie qui a submergé mes parents jusqu'à leur faire perdre leur discernement. Comment ne pourrais-je pas en être fière ?

MARTINE : Bon d'accord... Si c'est toi qui le dis... Mais ça ne change rien au fond du problème : cette façon de te la jouer perso, il va falloir faire une croix dessus, Albert, si comme l'indique ta décision de m'inviter à cette réunion, tu daignes enfin m'accepter dans l'équipe.

ALBERT : Mais je n'ai jamais dit que...

MARTINE : Il n'y a pas de « mais ». Écoute les autres ! Ou je n'entre pas dans l'équipe !

GUENIÈVRE : Maman...

MARTINE : Oui, ma chérie...

GUENIÈVRE *(une main sur la poitrine, comme pour signifier que « ça » vient de l'intérieur)* : C'est prêt !

MARTINE : Et écouter les autres, c'est d'abord écouter Guenièvre.

Guenièvre sort un papier qu'elle déplie avec gravité. Elle lit, marquant des pauses lourdes de reproches.

GUENIÈVRE : Retards multiples... Mauvais esprits... Oublis de prévenir en cas de problème... Et surtout ABSENCE !... Absence si généralisée, si... PRÉSENTE que pour la décrire, il faut la décomposer en pas moins de six catégories : absence de participation à l'installation et au rangement du matériel... Absence d'investissement sur scène... Absence d'apprentissage du texte... Absence de concentration... Absence de sérieux durant la relaxation... Et surtout, surtout, la pire d'entre toute : absence tout court !... Voilà.

Elle replie et range son papier dans sa poche.

MARTINE : Que viens-tu de faire, Guenièvre ?

GUENIÈVRE : Je viens de dépeindre l'ambiance...

ALBERT : Oui mais là justement, c'est moi qui devrais...

GUENIÈVRE : DANS LAQUELLE NOUS SOMMES CENSÉS TRAVAILLER depuis le début de l'année, et que je refuse de supporter plus longtemps.

ALBERT : Ah ben, tu parles ! Tu es la première à faire ce que tu viens de...

MARTINE : CE QUI VEUT DIRE, ma chérie ?

GUENIÈVRE : Ce qui veut dire que j'arrête.

ALBERT : Ah bon, tu arrêtes ?

GUENIÈVRE : Ce qui veut dire que j'arrête, et ce, malgré ton arrivée au club, Maman… C'est trop tard, Maman.

MARTINE (*à Albert*) : Voilà, tu as gagné !

ALBERT : Hé ho ! Je n'ai jamais dit que…

GUENIÈVRE : À MOINS QUE…

MARTINE : À moins que ?

GUENIÈVRE : À moins que tu n'insistes, Maman…

MARTINE : Mais j'insiste, ma puce, j'insiste ! Nous allons tout reprendre à zéro… revoir les bases de travail… Et je peux t'assurer que tu te sentiras mieux…

GUENIÈVRE : Et bien dans ce cas…

ALBERT : Bon ça y est, c'est fini, votre numéro ?… Alors, à mon tour. On va pas y aller par quatre chemins : je vais tout de suite vous dire pourquoi on est là ! Mais avant, on va remettre les pendules à l'heure ! Je n'ai jamais dit, mais alors au grand jamais ! que…

Léon entre en hurlant, tout essoufflé. Il est déguisé en père Noël.

MARTINE : Léon ! ? Mais qu'est-ce qui te prend, de t'habiller en père Noël un jour de Choutrouille ? Tu veux exciter la barbarie locale.

LÉON *(affolé)* : Taisez-vous, madame ! Il est dans le couloir !

MARTINE : Qui donc ?

LÉON : Le monstre !... Il m'a poursuivi dans tout le collège !

MARTINE : Le monstre ?

LÉON : Oui c'est le...

MARTINE : Le ?

GUENIÈVRE : Le Choutroux ?

LÉON : Oui, le Choutroux...

MARTINE : Mon petit Léon, révisons ensemble ta mythologie locale. Le Choutroux est un dieu débonnaire. Il est mal élevé, malodorant, grossier, alcoolique, mais c'est un bon vivant qui ne rêve que de s'empiffrer de tartes à la bouillasse. Ce n'est pas lui le méchant, dans cette histoire de dégénérés. C'est... ?

LÉON : Le père La Charrette ?

MARTINE : Qui n'est sûrement qu'un élève qui t'en veut d'avoir mis ce costume aujourd'hui. Qu'est-ce qui t'a pris ?

LÉON : Je voulais heu... ben...

MARTINE : Oui ?

LÉON : C'est un grand jour, quoi !

MARTINE : Et ?

LÉON : Merde, un costume de père Noël... !

MARTINE : Libre ?

LÉON : Il était dans une armoire du foyer... Alors j'ai...

POUPETTE : Il voulait attirer l'attention sur lui.

MARTINE : Eh bien là, tu as réussi.

LÉON : Oui mais je voulais pas... Enfin je voulais... Enfin, le père Noël, c'est quand même un...

POUPETTE : Il voulait qu'on l'aime.

MARTINE : Eh bien là, tu as raté.

Nouveaux grognements en coulisses.

LÉON : C'est lui !

Entrée de Mme Dogue. Silence d'observation.

Mme DOGUE : Il me semblait bien que j'avais vu une tâche rouge passer dans le couloir… Mais vous êtes inconscient, M. Hosse, d'habiller un de vos élèves en père Noël aujourd'hui ! Vous voulez qu'on reparle de lynchage, comme il y a huit ans ?

ALBERT : Mais je n'y suis pour rien !

Mme DOGUE : De toute façon, vous n'allez pas vous éterniser : il neige à gros flocons ! Et les bus arrivent !… *(À Martine)* Je suppose que vous êtes là pour l'histoire de la marâtre…

MARTINE : L'histoire de la marâtre ?

Mme DOGUE : Eh bien, vous expédiez ça en vitesse : ils ont annoncé une vraie tempête, ce n'est pas un temps à traîner dehors… Même si vous habitez dans le quartier… Et ces jeunes gens, ils repartent comment ?

POUPETTE : À pied.

LÉON : En traîneau du père Noël…

Mme DOGUE : En traîneau du père Noël !

LÉON : Oui, j'ai apporté ma luge.

Mme DOGUE : Je crains le pire… Et vous, M. Hosse, votre fourgon, votre camionnette, comment vous appelez ça… ? Ah oui, votre roulotte…

ALBERT : Non, c'est plutôt un camping-car…

Mme DOGUE : Eh bien, je ne tiens pas à ce que ce « camping-car » reste bloqué là pendant toutes les vacances ! Alors dépêchez-vous !

MARTINE : Oui, dépêchons-nous. Justement, M. Hosse allait nous dire le but de la réunion.

Mme DOGUE : Ah bon ? Eh bien allez-y.

ALBERT : Oui. Mais d'abord, je dois expliquer.

Mme DOGUE : Eh bien, allez-y, expliquez.

ALBERT : Eh bien, les élèves sont déjà un peu au courant… J'en ai parlé plusieurs fois…

GUENIÈVRE : Ah ! Les marionnettes !

MARTINE : Les marionnettes ?

GUENIÈVRE : Laisse béton…

Mme DOGUE : Les marionnettes, ah bon ?… Au fait, Léon, il faudra m'enlever ce costume ridicule ! Je ne veux pas d'émeute à l'entrée du collège !

LÉON : Je vais avoir froid.

Mme DOGUE : Tu as un manteau ?

Léon ne sait que répondre.

ALBERT : Donc je disais…

Mme DOGUE : Oui, c'est ça, allez-y…

MARTINE : Au fait, c'est quoi, cette histoire de marâtre ?

Mme DOGUE : Ah bon, vous n'êtes pas au courant ?… Mais vous êtes d'accord avec moi, quand même, Léon ne peut pas repartir comme ça ?…

ALBERT : Mme Dogue, est-ce que je peux y aller ?

Mme DOGUE : Oui oui, dépêchez-vous, on ne va pas y passer la soirée !… Personne n'a vu son manteau ?

MARTINE : Ça m'inquiète, cette histoire de marâtre… Quel rapport avec les marionnettes ?

GUENIÈVRE : Aucun, Maman, aucun…

ALBERT : J'arrête.

Mme DOGUE : Ah non, hein, M. Hosse !… Vous commencez à peine et déjà vous arrêtez ?… On n'a pas que ça à faire !

ALBERT : J'arrête !

Mme DOGUE : Vous avez entendu, Mme Ducroc ? Il arrête !

MARTINE : Écoute, Albert… Tes petites simagrées d'apprenti metteur en scène, ça va bien !… Tu nous dis ce que tu as décidé, et on lève le camp !

ALBERT : C'est ça que j'ai décidé : j'arrête. J'arrête le club théâtre !

MARTINE : Comment ça, tu arrêtes le club théâtre ? Qu'est-ce que ça veut dire ?

ALBERT : Ça veut dire que j'arrête, point final !

MARTINE : Donc… tu arrêtes ?

ALBERT : Oui.

Silence de surprise.

Mme DOGUE : Eh bien voilà, c'est réglé. Je vais aller voir au bureau des surveillants : peut-être qu'ils ont retrouvé son manteau.

Elle sort. Moment de flottement.

MARTINE : Qu'est-ce que tu cherches, Albert ? L'effet théâtral ? Pour émouvoir tes élèves ?… Tu veux te faire prier, c'est ça ? Qu'on se mette à genoux devant toi ?

Poupette tombe à genoux.

ALBERT (*vivement, tout en relevant Poupette*) : Non ! Poupette, non !

MARTINE : C'est bien ce que je pensais. Mais pas avec moi !

ALBERT : Tu devrais être contente : tu vas pouvoir prendre le relai !

MARTINE : Mais tu n'as rien compris : je ne veux pas animer le club théâtre à ta place ! Je veux simplement travailler avec vous !… En équipe !

Retour de Mme Dogue.

Mme DOGUE : Au fait, j'ai réfléchi à ce que vous avez dit : il va falloir qu'on en reparle… Ça va coincer au niveau des parents… Et en plus, moi, qu'est-ce que je fais avec l'inspecteur ?… J'ai retrouvé votre résumé, puisque vous ne vouliez pas le refaire, et je viens de l'envoyer avec une invitation !… Alors, qu'est-ce que je lui dis, maintenant ?… Évidemment, tout ça, ça vous passe par-dessus la tête !… Mais moi, j'y pense !… Bon, son manteau…

Elle sort.

MARTINE *(à Albert)* : Ça pose problème.

GUENIÈVRE : Qu'est-ce que je fais, moi, le 12 janvier ? J'ai annulé l'anniversaire de Cléante pour venir à la répète !… Je vais avoir l'air de quoi ?

POUPETTE : J'ai froid. Comme si tout l'hiver était entré en moi.

MARTINE : Et c'est quoi, ces histoires de marionnettes et de marâtre ?

GUENIÈVRE : La marâtre, c'est dans la pièce… et les marionnettes, c'est parce qu'il veut nous remplacer par des marionnettes.

MARTINE : Pour quelle raison ?

GUENIÈVRE *(ne sachant que répondre)* : Pour quelle raison… ?

MARTINE *(à Albert)* : Pour quelle raison ?

ALBERT : Parce que les marionnettes sont plus fiables.

MARTINE : Comment tu peux dire ça !

ALBERT : Eh bien, par exemple, une marionnette ne se laisse pas intimider par trois flocons de neige !

Retour de Mme Dogue, une blouse blanche dans les mains.

Mme DOGUE *(à Léon)* : Bon j'ai trouvé ça en salle de science… Ça fait un peu bizarre, mais c'est pas grave : tout blanc sur la neige, tu passeras inaperçu.
À Albert : M. Hosse, vous n'oublierez pas de fermer le portail, en sortant.
À tous : Bonnes vacances.

TOUS : Bonnes vacances.

Elle sort.

Tout le monde s'habille. Léon essaie la blouse, puis l'enlève. Tout le monde s'observe.

LÉON *(posant la blouse sur une chaise)* : Ça ne va pas.

MARTINE : C'est faux.

GUENIÈVRE : Je ne me laisse pas intimider par trois flocons de neige.

LÉON : Ni par des tourbillons.

POUPETTE : Ni par une tempête.

LÉON : De toute façon, je dois attendre : pour le traîneau, il faut une couche épaisse.

POUPETTE : Et moi je dois attendre que le traîneau démarre pour marcher dans sa trace… Je n'ai pas de raquettes…

MARTINE : Nous allons répéter. Nous allons te montrer que nous sommes fiables.

GUENIÈVRE : Que nous valons la peine.

POUPETTE : Que nous valons mieux que des marionnettes.

ALBERT : Oui mais attendez, là, moi je dois partir... Sinon, je vais rester bloqué : je n'ai pas de chaînes !

MARTINE : Tu veux dire que tu te laisses intimider par trois flocons ?...

ALBERT : Non, mais simplement, il n'est pas question que je fasse de la mise en scène ce soir : j'ai dit que j'arrêtais !

MARTINE : On ne te demande pas de faire la mise en scène : on te demande simplement de regarder... Pour voir ce dont nous sommes capables.

POUPETTE : Pour voir ce que vous perdez en nous abandonnant lâchement.

MARTINE : Voilà, exactement... Et qui est-ce qui dit ça ? Quelqu'un qui a vraiment le droit de le dire, car, contrairement à toi, elle est la fiabilité incarnée : Poupette !... Notre meilleure élève !

Albert vaincu, se rassoit.

ALBERT : Je dormirai dans la camionnette.

Poupette, Guenièvre et Léon se mettent à chercher leur texte dans leur cartable. C'est plus laborieux pour Léon. Guenièvre qui possède deux exemplaires en donne un à sa mère. Poupette, constatant que Léon ne trouve pas son livret, et connaissant son texte par cœur, lui prête le sien.

GUENIÈVRE *(cherchant dans le livret)* : Bon alors, qu'est-ce qu'on fait comme scène ?

MARTINE *(même jeu)* : Eh bien on peut faire la scène du poème : il y a Poupette, il y a toi….

GUENIÈVRE : Cette scène ? Ah non, j'ai pas envie : je dois faire la demeurée qui sait même pas lire !...

MARTINE : On peut travailler la fin, avec Poupette… Tu feras l'inspecteur, ça te changera ?

GUENIÈVRE : Et le poète ?…

MARTINE : Il ne reste plus que… *(elle cherche désespérément)* Léon…

GUENIÈVRE : Léon ?

MARTINE : Ou Albert…

ALBERT *(choqué par la proposition)* : Non !

MARTINE : Bien sûr, je plaisante. Léon va faire le poète. N'est-ce pas Léon ?

LÉON : Heu… Oui madame.

MARTINE : Eh bien, on y va.

Elle fait un signe à Poupette, qui récite avec aisance et simplicité.

POUPETTE :
Souvent pour s'amuser quand le maître est parti
La classe élit son âne, son roi des abrutis
Celui qui n'a, du cours, déchiffré aucun mot
Et que malgré ses pleurs on appelle au tableau

Alors c'est la torture : en se tordant la gueule
L'un imite en bavant l'infirme du cerveau
L'autre lui fait écrire d'une écriture veule
Ce qu'il ne sait pas dire. Puis on lui met zéro

Bientôt défiguré sous le croc des huées
Bientôt foulé du pied dans la boue du mépris
Il n'est plus pour ce monde qu'une ombre torturée
Se traînant à sa place pour y chercher l'oubli

Mais dans ce cœur brûlé par la honte cuisante,
Où vous ne pourriez voir que des cendres rougies
Scintille une lueur de vie intelligente
Annonçant un phœnix qui changera nos vies !

Silence.

ALBERT : Eh bien toi qui veux travailler, vas-y…

MARTINE : Volontiers !

Martine, visiblement prise de court, sourit à Poupette et s'approche d'elle.

MARTINE : Recommence un peu, pour voir…

POUPETTE : Souvent pour s'amuser…

MARTINE *(maternelle)* : C'est bien ! Un peu statique…. Mais c'est bien ! Vas-y, ne t'arrête pas !...

POUPETTE : Quand le maître est partie…

MARTINE : Bravo ! Mais continue, t'arrête pas…

POUPETTE : La classe élit son âne…

MARTINE *(levant la main pour s'apprêter à l'interrompre)* : Oui…

POUPETTE : Son roi des abrutis…

MARTINE *(faisant signe d'arrêter)* : OK ! Génial !... Bon, on va quand même un peu travailler la fluidité : tu t'arrêtes un peu trop, mais c'est bien !

POUPETTE : Je m'arrête parce que vous…

MARTINE : Attends, mon trésor. Première règle : de la rigueur dans les prises de paroles...

S'adressant à tous : Alors comment vous organisez la discussion ?

Silence.

C'est quoi, le rituel de prise de parole ? Vous levez le doigt ? Le tour de table ? Vous vous passez un objet témoin ?

GUENIÈVRE : Maman...

MARTINE : Oui je sais tu me l'as dit : il fait la mise en scène tout seul... Mais je voulais vérifier. Excuse, Albert, c'est tellement énorme !... Bon, je vais être directive, alors... Léon.

LÉON : Quoi ?

MARTINE : La prestation de ta camarade.

LÉON : Prestaquoi ?

MARTINE : Merci Léon... Guenièvre...

GUENIÈVRE : Eh bien, tu sais ce que j'en pense : Poupette est excellente... Mais en classe... Là, c'est une autre histoire, c'est du théâtre... Premièrement, est-ce qu'elle est faite pour ce rôle ? On sent l'enfant sage à plein nez, l'élève bien vue par tous les profs, qui a encore eu 20 en maths cet après-midi...

MARTINE : 20 ! ?

GUENIÈVRE : Oui !

MARTINE : Alors qu'on attend une rebelle, une fille de caractère…

POUPETTE : Oui mais M. Hosse m'a demandé…

MARTINE : Oui, tiens, qu'est-ce qu'il t'a demandé ?

POUPETTE : Eh bien de me laisser porter par le poème… Tel que je le sens… Mais sans en faire trop…

GUENIÈVRE : Eh ben, voilà : tel que tu le sens…

MARTINE : Exactement… Et ce que tu sens, ma pauvre Poupette, c'est l'élève parfaite !

GUENIÈVRE : Oui, c'est clair : tu pues la mention très bien au brevet jusqu'au fond du couloir !

MARTINE : Alors qu'à la base…

GUENIÈVRE : À la base, Sandrine Hion, c'est quand même une fille qui est dans les profondeurs du classement !

MARTINE : Bon, c'est pas grave, Poupette, on va trouver une solution !… *(Elle réfléchit)*… Je te donne un petit travail : tu vas te poser une simple question : ça fait quoi, d'avoir zéro en français ? Vas-y, réfléchis.

GUENIÈVRE : Voilà, c'est ça, la question !… Moi, j'ai vécu, je sais les ravages que ça fait !

MARTINE : Comment ça, tu as vécu ?

GUENIÈVRE : Arrête, maman, tu trouves pas que j'ai assez morflé ?… *(Martine ne semble pas comprendre)* Jules Verne !

MARTINE : Jules Verne ?

GUENIÈVRE : Le travail que je suis censée n'avoir pas déposé dans son casier, alors qu'on l'avait fait ensemble !

ALBERT : Quoi ? En plus, tu l'as aidée !

MARTINE *(évacuant la question d'un revers de main)* : Oui oui, alors, Poupette, est-ce que tu peux répondre à ma question : qu'est-ce que ça fait d'avoir un zéro en français ?

Silence paniqué de Poupette.

MARTINE : Tu vois, ça, c'est quelque chose que tu aurais pu apprendre... En demandant à Léon, par exemple...

GUENIÈVRE : Ou en ne rendant pas ton dernier devoir de maths... Pour voir ce que ça fait...

MARTINE : L'immersion, Poupette, l'immersion !

POUPETTE *(au bord des larmes)* : Mme Ducroc... Vous pensez... que je ne peux pas... jouer ce rôle ?

MARTINE : Non, on peut toujours, mais...

GUENIÈVRE : Mais pour quel résultat !

MARTINE : J'osais pas le dire, mais, elle a un peu raison...

POUPETTE : Pourtant, M. Hosse m'a dit...

MARTINE : Oui, qu'est-ce qu'il t'a dit ?

POUPETTE : En me confiant ce rôle, il m'a dit...

MARTINE : Oui, il t'a confié ce rôle. Mais...

POUPETTE : Mais je suis mauvaise ?

MARTINE : Non, je n'irai pas jusque-là...

GUENIÈVRE : Moi non plus… J'irai bien plus loin !…

POUPETTE : Ah bon ?

Silence.

POUPETTE : Je suis très mauvaise ?

Nouveau silence.

GUENIÈVRE : Zéro.

POUPETTE : Zéro ?

MARTINE : Oui mais en même temps, c'est bien parce que tu vois ce que ça fait d'avoir zéro… Vis-le pleinement et, qui sait, dans quelques années…

POUPETTE : Mais je connais mon rôle par cœur ! Je connais même celui des autres !… Je suis capable de remplacer n'importe qui !… Je remplace tout le monde !

MARTINE : Oui, remplaçante, c'est exactement ça… Il a fait de toi une remplaçante…

GUENIÈVRE : Mais remplaçante, c'est pas titulaire, hein Maman…

POUPETTE : Oui mais, dans mon métier, plus tard, je ne serai pas remplaçante, je serai…

MARTINE : Oh plus tard ! Plus tard !… N'allons pas trop vite, ma poule ! Pour l'instant, tu n'es qu'une élève modèle, et à force d'être une élève modèle, on se fait modeler, on se laisse pétrir comme de la pâte à modeler, et on perd toute personnalité… On oublie d'être soi-même.

GUENIÈVRE : Et on n'est personne.

POUPETTE : Personne ?…

MARTINE : Oui heu… personne.

GUENIÈVRE : Zéro.

Poupette est prise d'un malaise.
Albert, qui bout depuis un certain temps, se précipite.

ALBERT : Vous êtes vraiment tarées, hein !

POUPETTE *(se redressant de façon théâtrale)* : Arrière, M. Hosse ! Car j'ai une mauvaise nouvelle à vous annoncer ! La vraie mauvaise nouvelle que je vous réserve depuis tout à l'heure et que je n'ose pas vous annoncer car elle me reste en travers de la gorge… La vraie mauvaise nouvelle, c'est que moi, Poupette, qui n'ai jamais raté une seule répétition, moi, qui n'ai jamais désobéi à une seule consigne, moi, le pilier de votre club théâtre, moi qui suis, comme dit Mme Ducroc, la fiabilité incarnée, je peux faire ce que les autres font depuis le début de l'année : je peux être malade ! En attendant le début de cette réunion pendant une demi-heure, toute seule, en plein vent dans la cour, j'ai chopé la crève et je suis MALADE ! Malade au point de défaillir et de manquer à l'appel ! Et malgré ce que vous dites, Madame Ducroc, il y a une chose que je sais faire, une chose que nul ici ne fera aussi bien que moi : LA MORTE !

Elle tombe inanimée.

MARTINE *(se penchant sur elle)* : Elle a raison, là, elle sait bien faire la morte.

GUENIÈVRE *(se penchant sur Poupette)* : Bon ben voilà, on peut y aller. *(Elle l'attrape par les pieds)* Bouh... J'ai cru qu'on n'y arriverait pas... Tu m'aides, M'an ?

Toutes deux mettent le corps de Poupette sur le côté. Puis Guenièvre se place devant sa mère, prête à jouer le rôle de Sandrine Hion. Albert est tétanisé.

MARTINE : On reprend ce qu'on a fait hier soir.

Guenièvre se transforme en une sorte de bossue grimaçante, les yeux exorbités, la lèvre pendante.

MARTINE : C'est exactement ça, ma chérie. Rappelle-toi bien ce que je t'ai dit : l'hiver, la cendre éteinte, glacée ; la pauvreté !... Après, l'histoire du phœnix, on verra… Mais pour l'instant une voix sépulcrale, une voix d'outre-tombe… Vas-y !

Guenièvre récite, avec une voix de fantôme, allongeant démesurément les finales. Simultanément, Martine bat la mesure, avec la gestuelle d'un chef de chœur.

GUENIÈVRE : Souveeent, pour s'amuseeer… Quand le maître est partiiiiiiiiiii…

Martine ferme le poing pour lui faire signe d'arrêter, puis se tourne vers Albert.

MARTINE : Alors ? Qu'est-ce que tu en penses ?
Albert reste silencieux.
Pour l'instant on travaille le visuel et la matière sonore. L'épaisseur… *(Albert s'obstine à ne pas répondre)* Reconnais que, chez toi, l'épaisseur, surtout visuelle, c'est pas terrible ! Et tu te trompes parce que le théâtre, c'est ça ! C'est de l'image, c'est du son, c'est de la chair, des corps qui se donnent à voir… Ce n'est pas que des mots qu'on récite !... *(Martine espère encore un instant une réaction d'Albert, mais en vain)*… Bon ben, on va demander l'avis des élèves… Léon ?

LÉON : Quoi ?... Je dois faire ça ?

MARTINE : Très bien… Poupette… Poupette ?... Poupette !

Poupette ne bouge pas.
Léon se penche sur elle et lui prend la main.

LÉON : Elle n'a plus de poulse !

MARTINE : Comment ça, elle n'a plus de pouce ?

LÉON : Pas de pouce, de poulse : P-O-U-L-S.

MARTINE : Ha ! Tu veux dire qu'elle n'a pas de pouls !

LÉON *(cherchant dans les cheveux de Poupette)* : Bien sûr que non, qu'elle n'a pas de poux !

ALBERT : Comment ça, elle n'a pas de pouls ??

LÉON : Ben non, elle n'a pas de pouls, enfin de poulse… Et pas de poux non plus d'ailleurs…

ALBERT : Tu entends, Martine ? Elle n'a plus de pouls, et ça ne te fait rien ! Tu réalises ce que tu as fait !

GUENIÈVRE *(à Léon)* : Mais pourquoi tu lui tiens le pouce ?

LÉON : Pour sentir son poulse… Enfin son pouls !

Albert saisit fébrilement le poignée de Poupette puis laisse échapper un soupir de soulagement.

ALBERT : Tu m'as foutu la trouille, Léon !
Rapidement, à Martine : Moi je trouve qu'elle en fait trop.

MARTINE : Quoi ?

ALBERT : Ce que ta fille vient de faire, c'est trop… C'est surjoué. *(Sans attendre de réponse, il s'adresse à Poupette)* Bon Poupette, tu peux arrêter, maintenant, on a compris… Tu es très forte pour faire la morte… Tu es la première de la classe…

POUPETTE *(se relevant mécaniquement)* : Je suis la première de la classe pour faire la morte ?

ALBERT : Oui oui… C'est ça, exactement.

POUPETTE *(pleurant)* : Merci, Monsieur, vous savez bien trouver les mots pour réconforter…

MARTINE *(à Albert)* : Bravo pour le tact !

ALBERT : Mais Poupette, c'est pas ce que je veux dire ! Faire la morte, ce n'est pas être morte.

POUPETTE : J'ai compris pourquoi Papounet m'avait appelée Poupette : parce que je suis une poupée de chiffon… Je suis totalement vide, juste bonne à être manipulée – comme vos satanées marionnettes ! – Mais si on me lâche, je perds toute consistance et je ne tiens plus debout.

Elle retombe.

ALBERT : Mais Poupette, allons….

GUENIÈVRE *(à Martine)* : Il a peut-être raison…

MARTINE : Raison pour quoi ?

GUENIÈVRE : J'en fais peut-être un peu trop…

MARTINE : Non mais attends, ça c'est la première phase du travail ! Après on dégrossit, on affine ! Refais ton bossu…*(Guenièvre s'exécute)* Et maintenant tu vas te redresser très progressivement en intériorisant peu à peu toute cette difformité, tu la gardes intérieurement mais tu la retiens ! Tu en fais une laideur intérieure, toute en retenue… Les lèvres sèches, l'œil méprisant, le front hautain…

Poupette se relève et regarde.

POUPETTE *(à Guenièvre)* : C'est fou ce que tu ressembles à ta mère, comme ça !

Silence.

MARTINE : Mais non…

GUENIÈVRE : Mais non…

Nouveau silence.

LÉON : Si, je trouve qu'elle a raison.

POUPETTE : Le même visage.

GUENIÈVRE : Impossible, j'ai les yeux de papa…

MARTINE : Oui, elle a les yeux de son père : un bleu et un marron !

ALBERT : Bien sûr, mais c'est vrai que dans la façon de se tenir, l'attitude, le corps…

GUENIÈVRE *(l'air pincé)* : Le corps ? J'ai le corps de ma mère ?

MARTINE : Merci pour ton air dégoûté…

GUENIÈVRE : Oui mais faut me comprendre, Maman, moi j'ai encore toute ma vie devant moi !

MARTINE : T'es vraiment sympa, hein ! Tu verras, dans trente ans !

GUENIÈVRE : Ah pardon, Maman. Tu as raison, dans trente ans, moi aussi, je serai dans un sale état.

MARTINE : Un sale état !

GUENIÈVRE : Je plaisante maman !... Et puis d'abord, moi, je suis fière de te ressembler...

MARTINE : Mais il ne faut pas, Guenièvre, il ne faut pas !

GUENIÈVRE : Pourquoi ?... Pourquoi il ne faudrait pas que je te ressemble ?

MARTINE : Parce que nous sommes dans un collège, Guenièvre !

GUENIÈVRE : Et alors ?

MARTINE : Eh bien, tu sais ce que ça veut dire : ressembler à sa mère quand celle-ci est une des profs de l'établissement ?

GUENIÈVRE : Je vois pas...

MARTINE : La chaîne, Guenièvre, la chaîne !

GUENIÈVRE : La chaîne ?

MARTINE : Cela veut dire que nous n'aurons pas réussi à rompre la chaîne !

GUENIÈVRE : Quelle chaîne ?

MARTINE : La chaîne qui lie ton destin au mien, comme le mien fut déterminé par celui de ta grand-mère !... La transmission de génération en génération du syndrome de la fille de prof... Une malédiction !... Avec tout ce que ça comporte de détresse, d'isolement, de... Et pourtant j'ai tout fait pour ne pas en arriver là !... Pour le français, je t'ai même abandonnée à Albert...

GUENIÈVRE : La transmission de génération en génération ?... Maman, y'a un truc que je comprends pas : Grand-Mère, elle était pas prof, elle était boulangère !

MARTINE : Et alors ? Elle avait des apprentis... En plus pétrir de la pâte, c'est la même chose que modeler des élèves !... Regarde Poupette, une élève modèle...

GUENIÈVRE : Une élève modèle... Ça y est, j'ai compris !... Tu as honte de moi... La fille que tu voudrais avoir, c'est Poupette !...

MARTINE : Mais non !...

GUENIÈVRE : Si !... Dans notre ressemblance, ce qui te gêne, c'est que les gens pourraient nous amalgamer, c'est-à-dire ne plus faire de différence entre toi et moi, ou, si tu préfères, entre toi et une ratée, parce que, c'est ça que tu penses : je suis une ratée, surtout comparée à Poupette !...

MARTINE : Gugu, qu'est-ce que tu racontes ?...

GUENIÈVRE : Mais si moi, je suis une ratée, toi aussi, tu es une ratée... Puisqu'on se ressemble !

MARTINE : Mais non...

GUENIÈVRE : Ah ! Tu vois, tu dis non ! Tu refuses notre ressemblance ! Parce que ça te renvoie ton échec ! Ton échec comme prof...

MARTINE : Comment ça, comme prof ?

GUENIÈVRE : Demande aux autres, tu verras !... Ton échec comme mère !

MARTINE : Comment ça, comme mère !

GUENIÈVRE : Demande à Papa et à Mamy !... Ton échec comme metteuse en scène !

MARTINE : Comment ça, comme metteuse en scène ?

GUENIÈVRE : Ne me dis pas que ta mise en scène n'est pas pourrie ! Toute une soirée pour arriver à ça !

MARTINE : Oh et puis ça va bien, hein ! Ma mise en scène n'est pas pourrie !... Seulement, je dois diriger une retardée qui ne sait pas articuler, qui n'a pas de mémoire, qui ne sait pas se déplacer ! Y'a pas que les yeux que tu as hérités de ton père ! Et surtout, qui est dépourvue de tout sens artistique !

GUENIÈVRE : Ah ben alors, là, telle mère, telle fille !

MARTINE : Et surtout qui a mis plus d'un mois pour comprendre ce poème !

GUENIÈVRE : Non ! Pour comprendre TA LECTURE de ce poème ! Nuance !

MARTINE : C'est ça, fais de l'esprit ! Si tu pouvais en avoir un peu plus en cours, ça m'éviterait de subir la gêne de mes collègues quand ils parlent de toi !

GUENIÈVRE : Et ma gêne à moi quand on parle de la mère Ducroc, dans la cour, tu y penses ?

MARTINE : Bon, Guenièvre, je vois que cette discussion a du bon… Elle me conforte dans ce que je pense en ce moment.

GUENIÈVRE : Qu'est-ce que tu penses en ce moment ?

MARTINE : Je pense que nous devons prendre nos distances... Je ne te suivrai pas dans ton lycée. J'ai mis la demande de mutation à la poubelle.

GUENIÈVRE : Pour ce que ça me fait !... Je suis allée voir le boulanger, à côté de la mairie.

MARTINE : Pour quoi faire ?

GUENIÈVRE : Pour faire un apprentissage. CAP boulangerie. Comme Mamy.

MARTINE : Très bien, tu as gagné : j'arrête la mise en scène.

GUENIÈVRE : Rien à péter.... D't'façon, j'ai pas envie de faire Sandrine... Et pis, le théâtre, c'est un truc de littéraire !...

Soudain, toutes deux éclatent en sanglots sur les épaules d'Albert :

MARTINE : Albert !

GUENIÈVRE : Monsieur !

ALBERT *(insensible)* : C'est rien… Ça arrive qu'on s'aime pas… surtout entre mère et fille…

Guenièvre et Martine pleurent de plus belle.

MARC *(en coulisses, frappant et hurlant)* : Ouvrez-moi ! Ouvrez-moi !

Entrée de Marc.

MARC : Vous êtes cons, pourquoi vous m'ouvrez pas ?

ALBERT : Parce que c'est ouvert.

MARC : Saleté de solstice ! Saleté de solstice !

ALBERT : Tiens, c'est un bon exercice de diction, ça. Léon, répète : « saleté de solstice ».

LÉON *(qui veut bien faire)* : Sachet de saucisses.

MARC : Rigole pas Léon… *(à Albert)* J'ai pas réussi à aller à la Perdurie : y'a la camionnette des gendarmes, avec son gyrophare allumé, en travers de la route et y'a plein de gens qui remontent la côte à pied… Comme des zombies !…

ALBERT : Comme des zombies ?

MARC : Mais tu comprends pas ? Tout montre que c'est à La Perdurie que ça va se passer !

ALBERT : « Ça » va se passer ?

MARC : Mais oui ! La Perdurie et ses sept vallées ! Tous les éléments sont réunis ! 2014, ça fait $2 + 0 + 1 + 4 = 7$! 22 décembre : $2 + 2 + 1 + 2 = 7$! 7 comme les sept vallées ! On revient aux origines ! Je te rappelle quand même que le Père La Charrette arrivait par la Vallée Sous Roche alors que la mère Bouillasse habitait à la Vallée des Tricheurs ! Ça fait un axe perpendiculaire à la grand route : un barrage ! C'est le grand blocage des circulations humaines !... Pour laisser la place aux revenants ! Aux zombies...

ALBERT : Mais qu'est-ce qui se passe, Marc, on dirait que c'est encore plus grave que tout à l'heure !... Qu'est-ce que tu as ?

MARC : Mais si je ne peux pas faire le Barbouilleux, c'est foutu !

Hurlement en coulisses.

LÉON : Le monstre !

MARC : Ça y est, il m'a retrouvé !

Apparition de Mme Dogue.

Mme DOGUE : Mais oui ! Ils sont encore là ! Il me semblait bien que j'avais entendu des voix !

MARTINE : Et nous des hurlements.

Mme DOGUE : Vous avez entendu des hurlements ?

ALBERT : Et des grognements… C'était quoi ?

Mme DOGUE : Ben voilà ! Vous avez entendu des hurlements et des grognements ! Voilà ce que c'est, de rester au collège en pleine tempête de neige ! En plus un soir de solstice !… Vous allez me faire le plaisir de partir immédiatement sinon vos hallucinations vont vite tourner au cauchemar, je peux vous le dire…

ALBERT : Mais c'est trop tard : je n'arriverai jamais à monter la Côte des Pénitents, avec tous ses virages !

Mme DOGUE : Oui, mais vous pouvez au moins descendre jusqu'à La Perdurie, vous camperez au bord du ru ! Le bruit de l'eau vous bercera.

ALBERT : Oh, il doit être gelé… *(Ironique envers Marc)* Ou je m'arrêterai au barrage, là, le blocage « des circulations humaines » ! Je passerai la nuit avec les zombies... Marc, tu veux pas venir avec moi ?

MARC *(affolé)* : Oh non, pas question !

GUENIÈVRE : Moi je veux bien ! Ça sera toujours plus marrant qu'à la maison...

MARTINE : Guenièvre !

MARC : Madame Dogue, est-ce qu'à l'infirmerie, il n'y aurait pas une petite place, pour la nuit ?...

Mme DOGUE : M. Lassouche, vous n'y songez pas ?... On m'a dit qu'au voyage en Italie, vous avez eu de gros problèmes de voûtes plantaires...

MARC : Oui mais, il faut les comprendre, ces voûtes plantaires : il faisait chaud, elles avaient des souliers qui ne leur allaient pas...

ALBERT : Et, apparemment, elles n'ont toujours pas trouvé chaussures à leurs pieds...

Mme DOGUE : Nous avons des consignes d'hygiène ! Alors si vous laissez une odeur tenace et que le conseil général débarque, j'aurai l'air de quoi ?...

MARC : Bon, ben alors, j'y vais tout de suite : je tiens pas être aspiré par le péril blanc !

Mme DOGUE : Vous avez raison, M. Lassouche.

ALBERT : On y va tous. J'espère que je vais arriver à sortir.

Tous se rhabillent et sortent un à un.

MARTINE *(rappelant Guenièvre qui sortait)* : Guenièvre !… Mon bonnet !

Guenièvre retire le bonnet dont elle s'était coiffée, le rend à sa mère et tend la main d'un air provocant.

GUENIÈVRE : Le mien !

Martine lui rend son bonnet.

GUENIÈVRE : Et mes gants.

Elles s'échangent leurs gants et sortent.
Ne restent plus que Léon et Poupette, qui se tiennent immobiles l'un face à l'autre.

LÉON : Saleté de sottise...

POUPETTE *(le reprenant)* : Saleté de solstice.

LÉON : Satelé de salle TICE…

POUPETTE : Sa-le-té-de-sol-stice…

LÉON : Chat beauté de soliste.

Poupette soupire comme si elle renonçait, puis…

POUPETTE : Panier piano ?

LÉON : Piané panio.

Silence.

POUPETTE : Tu pourras me déposer à l'entrée de la rue avec ton traîneau ?… Juste au croisement, pas devant chez moi… Si Mamie et Papounet me voient descendre du traîneau du père Noël, ils pourraient se remettre à y croire…

LÉON : Pourtant, ce serait un beau cadeau…

Silence.

POUPETTE : Merci, Léon : je t'ai déjà dit non.

LÉON : Pourquoi ?

POUPETTE : C'est tout. Je veux pas sortir avec toi, j'ai pas à justifier.

Silence.

POUPETTE : Et il faut aussi que tu te mettes dans la tête que mon rôle n'est pas fait pour toi.

LÉON : Et pourquoi pas ?

POUPETTE : Parce que Sandrine est une fille.

LÉON : Et alors ? Je me déguiserai… Ou alors on le musculinera, enfin, masculrinera, majusculinusurera… heu...

POUPETTE : Mas-cu-li-ni-sera… Mais même en le masculinisant, ça ne change rien : il faut savoir parler.

LÉON : Non, il faut se mettre dans la peau de quelqu'un qui sait parler...

Poupette fait une moue de perplexité.

LÉON : Tout le monde a eu sa chance : toi, Guenièvre. Alors, pourquoi pas moi ? Pourquoi, j'aurais pas droit à ma chance ?

Bruit d'accident suivi d'un nouveau hurlement. Les deux enfants sortent en courant. Retour de Mme Dogue.

Mme DOGUE *(regardant vers la sortie)* : Oh là là là là ! M. Lassouche est allé au fossé ! *(Vers la coulisse opposée)* Tu as vu ce que tu as fait ? Tu as vu ce que tu as fait !… Il faut rentrer maintenant ! C'est fini ! On arrête de jouer !

Elle sort.

Retour de Marc et d'Albert. Le premier, claudiquant, s'appuie sur le second.

MARC *(l'air égaré)* : J'ai croisé Léon, qui dit qu'on ne veut pas lui laisser sa chance de jouer un grand rôle. Il a raison ! Il a droit à sa chance !

ALBERT : Mais enfin, Marc ! Le choc !... Tu as au moins entendu un choc !

MARC : Oui ! Ça me choque ! Qu'on ne laisse pas sa chance à ce pauvre Léon me choque !

ALBERT : Mais arrête de changer de sujet ! Le corps qui a roulé sur le pare-brise, tu l'as bien vu !

MARC : Non ! Il n'y a pas de corps ! Il ne peut pas y avoir de corps ! C'est mathématiquement impossible, et je suis prof de maths, alors je sais de quoi je parle !

ALBERT : Eh bien, alors, pourquoi ta voiture est allée au fossé... Ne me dis pas que c'est le père La Charrette !

MARC *(hurlant vers la coulisse, hystérique)* : Léon !... Alors, tu viens répéter, oui ou merde !

Léon apparaît, suivi de Martine, puis de Guenièvre et Poupette.

MARTINE : Ben oui, ils sont encore là !… Qu'est-ce qui se passe ? À qui est la voiture dans le fossé ? Y'a une drôle de fumée qui sort du capot.

ALBERT : Oh là là !… C'est à Marc… Mais je crois qu'il est en état de choc : il a renversé quelque chose ou quelqu'un, j'ai vu un truc sauter en l'air…

GUENIÈVRE : Un truc ?

ALBERT : Oui enfin un corps, une bête, un enfant, un chien, je sais pas…

MARC : Ah non hein ! On travaille ici ! Allez discuter ailleurs !

ALBERT : Il est en état de choc : il veut faire travailler Léon.

MARTINE : Il veut faire travailler Léon ?!

LÉON : On répète quoi ?

MARC : Alors là, mon petit père, je ne sais pas : tu veux répéter, tu te débrouilles !

LÉON : La scène du poème, alors ?

MARC : Oui oui, ce que tu veux !

LÉON : Et c'est vous, le metteur en scène ?…

MARC *(à bout de nerfs)* : Dépêche-toi de répéter au lieu de dire des... des conneries !

ALBERT : Je pense qu'il est en plein déni... Il essaie de changer de sujet... Il s'accroche à n'importe quoi...

MARTINE : Oui, je vois... Je sais ce qu'il faut faire, j'ai l'habitude avec mes stagiaires.

Elle s'approche de Marc et lui prend les mains.

MARTINE : Marc, regarde-moi... Regarde-moi !...

MARC *(hagard)* : Ah ! Martine... On a oublié de faire répéter Léon... Il faut faire répéter Léon...

MARTINE : Ce n'est pas ta faute ! Ce n'est pas ta faute ! Tu as dérapé... Dans notre métier, tout le monde dérape un jour ou l'autre ! Une gifle, un coup de pied dans la figure, ça part tellement vite !

Il pleure sur son épaule.

ALBERT : Bon, je vais aller voir sa voiture, si tu dis que ça fume... Y'a pas un extincteur, là ?

MARTINE : Qui est-ce qui m'aides à le conduire à l'infirmerie ? Gugu ?... On va bien trouver de l'aspirine.

GUENIÈVRE *(froidement)* : Je peux pas, je vais aider M. Hosse à éteindre l'incendie...

ALBERT *(s'éloignant avec Guenièvre)* : Et il faut qu'on retrouve le corps !

Martine les regarde sortir, l'air dépité.

POUPETTE : Je viens avec vous, Mme Ducroc.

ALBERT *(revenant sur ses pas)* : Surtout, qu'il garde ses chaussures !

Tous sortent. Léon reste seul.

LÉON *(vers la coulisse)* : Et moi alors ?... Je répète tout seul ?... Oh là là !... Et je fais la mise en scène ?... Mais je vais tout mélanger !... Quelqu'un pourrait-il m'aider à faire la mise en scène ?
Il cherche dans le public et se tourne de nouveau vers la coulisse : Ah ! Mme Ducroc ! Vous êtes là, dans l'ombre !... Ah non, c'est son manteau sur un cintre... Ça ne fait rien, ça ressemble à Mme Ducroc... Eh bien, merci, Mme Ducroc, de bien vouloir m'aider à répéter ! *(Imitant Martine, du moins Martine telle qu'il se l'imagine)* J'espère que je serai à la hauteur de ton talent ! Je plaisante, bien sûr. Mais

qui sait, tu as peut-être un talent caché et pour le savoir, il faut te donner ta chance. Alors, vas-y, récite le poème. *(Redevenant Léon)* Eh bien alors j'y vais... *(Il déchiffre laborieusement le texte qu'il tient dans les mains)* Souvent pour s'amuser quand le maîtreu est pareuti... *(Imitant Martine)* Oh là là, non ! Ce n'est pas comme ça : zer ! S'amuzer !... le maitr' ! Pas le maîtreu !... Bon je sens que tu vas avoir du mal, alors, à la place, raconte-moi une histoire. – Ce que je veux ? – Oui ! – Eh bien c'est l'histoire d'un garçon, qui s'appelle Léon... – Et qui est nul, on sait, alors trouve autre chose ! – Eh bien c'est l'histoire d'une chaussure non d'une patate non d'un trou de gruyère... Oui un trou de gruyère : il est vide mais sans lui, le gruyère n'existe pas... Voilà, c'est fini. – C'est trop court. – Ah, ça y est, j'ai trouvé : c'est l'histoire d'un tracteur !... Tout le monde se moque de lui parce qu'il est lent mais un jour de neige, la voiture du prof de maths, elle va au fossé. Et qui est-ce qu'on appelle pour le sortir de là ? C'est Léon ! Léon, avec ses grandes roues et son moteur puissant, qui sauve le prof de maths ! D'une mort certaine ! Et qui sauve toute l'humanité contre les tortues géantes ! Léon, le super héros, qu'on applaudit bien fort !

Applaudissements. Il poursuit, s'imaginant en pleine cérémonie des oscars :

Alors je tiens à remercier toutes les personnes qui m'ont permis d'atteindre ce niveau : d'abord mes parents qui ont eu l'idée originale de me donner la vie, mais surtout qui m'ont offert une PS4 ; puis mes profs qui m'ont laissé pourrir dans le fond de la classe ; puis mes camarades qui m'ont laissé pourrir au fond de la cour ; puis mon intelligence qui ne m'a pas non plus beaucoup embêté, puis mon courage qui ne m'a jamais rien demandé, puis mon amour propre qui est parti un jour sans me prévenir, puis mon ambition qui n'a même pas essayé de me rencontrer, puis l'espoir, qui s'est sauvé dès qu'il m'a aperçu, puis mon corps, qui est tout mou, puis mes jambes qu'ont plus le courage de me supporter, puis mes mains, mes doigts, ma chair, ma peau…

Peu à peu, il ralentit, puis s'arrête, voyant que tout le monde est revenu et l'écoute.

LÉON : *S*ainteté de Paul VI...

POUPETTE : Non : saleté de solstice.

Un temps.

MARTINE : Moi je ne ris pas.

ALBERT : Moi non plus.

MARTINE : Tu as quand même souri.

ALBERT : Parce que ça me désole… Je me sens responsable.

MARTINE : Nous sommes tous responsables !... Et rappelle-toi ce qu'on a dit à la dernière réunion : les élèves prononcent de moins en moins la négation ! « Mes jambes qu'ont plus le courage de me supporter » ! Léon : « Mes jambes qui N'ONT plus le courage de me supporter » !...

ALBERT : Mais enfin Martine, ce n'est pas ça le plus important dans ce qu'il a dit !...

GUENIÈVRE : M. Hosse a raison, Maman : tu n'entends pas ce que dit Léon !

MARTINE : Comment ça, je n'entends pas ? Mais j'entends plus que vous ! J'entends à travers son langage !

POUPETTE : Non, Mme Ducroc, pour entendre il faut écouter. Et pour écouter, il faut cesser de parler. Alors, si vous voulez entendre, commencez par vous taire.

Silence. Tout le monde est surpris par l'audace de Poupette, y compris elle-même.

ALBERT : Elles ont un peu raison. Si on en faisait une pièce, c'est toi qui aurait le plus de texte, alors que tu n'es qu'un personnage secondaire...

MARTINE : Je ne suis qu'un personnage secondaire ?... Très bien. Vas-y, Léon, continue... Tu parlais de tes jambes, de tes mains, de ta peau… Ensuite ?… L'estomac ? Les poumons ?

GUENIÈVRE : Maman !

Silence de méditation générale.

POUPETTE : Tu vois, Léon, pour apprendre, il faut faire comme la mer qui monte… Les vagues reviennent toujours en arrière avant d'avancer… Tu dois faire la même chose : tu dois toujours revenir sur ce que tu as appris avant d'aller plus loin… même si tu n'as pas appris… grand-chose.

GUENIÈVRE : Peu importe où tu en es : ce qui compte, c'est de progresser… peinard, dans ton coin !...

POUPETTE : Et puis alors, surtout, ne te compare pas aux autres, et encore moins aux meilleurs de la classe ! Je peux te le dire, c'est pas tous des génies ! Regarde, moi, par exemple : parfois je suis larguée ! Alors je fais ma propre cuisine : un neurone par-ci, des bouts de connaissance par-là, du Wikipédia pour décorer, je réchauffe le tout avec un beau sourire en rendant la copie. Ils n'y voient que du feu !

Les adultes se regardent, perturbés.

LÉON : Ah oui !... Je crois comprendre : en fait, apprendre, c'est comme ouvrir un pot de confiture : ça sert à rien de s'acharner sur le couvercle : il faut taper au cul !

Les deux filles ne savent que répondre. Retour de Mme Dogue.

Mme DOGUE : Mais écoutez-les ! Écoutez-les ! Comment ils synthétisent ! Comment ils vont droit au but ! La vérité pédagogique sort de la bouche des élèves ! Je n'ai cessé de le répéter à la dernière réunion !

ALBERT : C'est sûr, mais le pot de confiture, c'est un peu...

Mme DOGUE : Mais que dit Léon, à travers son pot de confiture ? Que votre enseignement est hermétique !

MARTINE : Hermétique ?

Mme DOGUE : Oui ! Et il faut changer cette image ! Il faut être accessible à tous !

Retour de Marc, un peu remis de ses émotions.

MARC : Le grand problème, c'est la gestion de l'hétérogénéité... Tu dois avoir raison, Martine : ça doit être un paquet de neige qui est tombé sur le pare-brise, ça ne peut pas être autre chose…

MARTINE : D'accord, mais quel rapport ?

MARC : Eh bien, gérer l'hétérogénéité, c'est par exemple, faire des groupes de besoin… *(à Mme Dogue)* Sauf que, pour ça… Bon on va dire que je suis prof de maths et que je suis toujours en train de compter… Mais il faut des heures !…

MARTINE : Et surtout travailler en équipe !… *(montrant Albert)* Comment je fais, moi, avec lui ?

Mme DOGUE : Hop ! Hop ! Hop !… Nous voilà exactement dans le travers que je dénonce ! « Hétérogénéité », « groupe de besoin » ! … Quel jargon !… Est-ce que vous croyez qu'ils vous comprennent ? Léon, qu'est-ce que c'est, pour toi, un groupe de besoin ?

LÉON : Heu… C'est quand il y a plusieurs élèves qui veulent aller aux toilettes : on les envoie en groupe. C'est un groupe de besoin…

Mme DOGUE : Voilà : il confond son cerveau avec sa vessie !… Soyez plus clairs !

ALBERT : Oui, mais s'il confond son cerveau avec sa vessie, ça montre surtout qu'il a besoin d'un suivi particulier !

Mme DOGUE : « Suivi particulier » ? Je vous répète, soyez plus clairs !

MARTINE : Oui, sois plus clair ! Quel suivi particulier ? PPRE ? ATP ? AVS ? On a tout essayé !

Mme DOGUE : Voilà !... Du concret !

MARC : Moi je l'ai toujours dit, pour ce type d'élève, il faut adapter l'EDT !... Beaucoup plus de TICE, de CDI, d'IDD, voire d'EPS...

MARTINE : Plus d'IDD, d'EPS... ? Et pendant ce temps-là, le DNB... pfuittt ! par-dessus la jambe !

ALBERT : Le DNB ?... ais il l'aura, son DNB ! Il l'aura !

MARTINE : Avec sa piteuse en HDA et au B2I ? Il ne sait même pas aller sur l'ENT !

ALBERT : Au TBI, il est OK.

MARC : Les doigts dans le nez, qu'il l'aura, et, tu verras, il fera un bac STI2D...

ALBERT : Ou ST2S !

MARC : Ou ST2A !

ALBERT : Ou STMG !

MARTINE : Vous voulez dire une DIMA !

MARC : Une DIMA ? Ah ah ah ! Je répète : ST2S ! STI2D ! ST2A !

ALBERT : Et BTS ou DUT !

MARC : CQFD !

MARTINE : Non, pour moi, c'est DIMA, et puis peut-être CAP, CDD, à peine le SMIC… Et puis ASSEDIC, HLM, RSA, APL, SDF, HS, AVC, PLS, SAMU, et pfuitt RIP *(elle fait le signe de croix).*

MARC : Ou PDG ?

Mme DOGUE : Top !… C'est bien. Maintenant, demandons aux enfants ce qu'ils en pensent…

Elle se tourne vers les élèves.

POUPETTE : MDR.

GUENIÈVRE : XDR.

LÉON : LOL.

Mme DOGUE : Qu'est-ce que c'est ?

Les trois enseignants restent sans voix.

LÉON : Non mais STEGIDDNB là !?... C'est parce que j'ai du mal avec les mots que vous utilisez des lettres ? Ça ne change rien, même avec tout l'alphabet : je n'ai pas envie de me transformer. Je veux rester moi-même.

ALBERT : Mais, il ne s'agit pas de se transformer, Léon. Tu peux devenir un bon élève tout en restant toi-même.

MARTINE : Enfin, si. Il faut quand même qu'il change un peu... Toutes les âneries qu'il débite à longueur de journée !...

MARC : Qui sont un peu sa marque de fabrique !... Sans bourdes, Léon n'est plus tout à fait Léon !

ALBERT : Alors, qu'est-ce qu'on fait, on l'opère ? On lui greffe un nouveau cerveau ? Avec une personnalité différente ?

LÉON : Heu, si vous me changez ma personnalité, en même temps ce serait possible d'avoir des muscles là, là et là ?... *(Il indique des endroits de son corps : pectoraux, biceps, abdo...)* Et aussi...

MARTINE : Et aussi ?

LÉON : Soyez sympas avec mon remplaçant.

ALBERT : Son remplaçant ?

MARC : Il a un peu raison : il veut dire que s'il devient bon élève, quelqu'un prendra sa place. Parce que, dans une classe, il y a toujours des derniers, des premiers... Moi j'ai déjà remarqué : un élève pénible s'en va, un autre prend la relève illico !...

MARTINE : Ce n'est pas faux : le collège est une sorte de théâtre où chacun joue un rôle.

ALBERT : Et donc il suffirait de changer ce rôle pour changer l'individu.

GUENIÈVRE : On revient toujours au même problème : il faut revoir la distribution.

POUPETTE : Oui, par exemple, les élèves pourraient devenir des profs et les profs des élèves...

GUENIÈVRE : Et Léon serait Principal.

Ils rient tous.

Mme DOGUE : Mais mon petit Léon, comment ferais-tu pour diriger le collège ?

LÉON *(naturel)* : Ce serait la Choutrouille tous les jours.

Nouveaux rires.

ALBERT *(taquin)* : Mais c'est très bien, la Choutrouille ! Demande à Marc !

MARC *(inquiet de la tournure de la conversation)* : Mais non ! Il ne faut surtout pas...

À partir de cet instant, toutes les propositions déclenchent l'euphorie, au grand désespoir de Marc.

ALBERT : Et pourquoi pas ?... Rien que la pataugeoire, je la vois dans ta salle !

GUENIÈVRE : En plus c'est logique : en maths on patauge !... Et c'est là qu'on ferait la bataille de gluants !

LÉON : Et M'sieur, M'sieur ! Je pourrais monter sur la barrière pour coibouriffer les élèves ? *(Il fait mine d'ébouriffer Poupette)*

Mme DOGUE : Coibouriffer ?

ALBERT : Coiffer en ébouriffant.

MARC : Mais vous ne vous rendez pas compte ! Arrêtez !

POUPETTE : Et moi, je m'occuperais des queues de cochon !

MARC : Non ! Pas les queues de cochon !... M. Robot n'y arriverait pas : il est cardiaque !

LÉON : Hé ! On pourrait faire l'appel quand il faut se toucher à travers la purée !

GUENIÈVRE : Attendez !... Et le sermon du sanglier ?

Poupette chuchote un mot à l'oreille de Guenièvre et toutes deux éclatent de rire en regardant Mme Dogue.

MARC *(à Mme Dogue)* : Voilà ! Je crois qu'elles se moquent de vous !

Mme DOGUE *(aux filles)* : Et alors ? Et alors ? Ça ne me fait pas peur de faire le sanglier ! Je passe mon temps à grogner sur tout le monde !

Elle se met à poursuivre Poupette en imitant un cochon, ce qui amuse bien les autres.

MARC : Oh là là, c'est pas possible !… Martine, aide-moi !

MARTINE *(inspirée)* : Pour la chanson de l'estomac, j'ai une idée : les profs de science !...

ALBERT : Avec les profs d'histoire pour faire les chœurs !

MARC *(sortant une feuille de sa poche)* : Tant pis, vous l'aurez voulu !

POUPETTE : Et pour le coulis au vin rouge, qui est-ce qu'on met dans la marmite ?

MARC *(lisant)* : *Das Lied Von der Erde, Le Chant de la Terre...* N'est-ce pas un air de circonstance, en cette nuit du solstice d'hiver ?...

ALBERT : Madame Gradon.

MARC : De ce puissant cycle lyrique de Gustav Mahler...

MARTINE : Elle est tellement grande qu'on serait obligé de s'asseoir sur le couvercle !

MARC : De ce puissant cycle lyrique de Gustav Mahler, deux lieder retiendront ce soir notre attention...

GUENIÈVRE : Ah oui, j'imagine bien sa tête qui surnage avec ses lunettes couvertes de poireaux...

MARC : « Chanson à boire la douleur de la terre », « Das Trinkled vom jammer der Erde »...

Tous s'arrêtent de rire sauf Léon.

LÉON : Et M'sieur, M'sieur, à la cantine, on pourrait faire… On ferait des…

MARC : Et le non moins fameux « Der Trunkene im Frühling », « L'Ivrogne au printemps »…

Silence. On entend à peine Léon qui tente d'étouffer son rire.

ALBERT *(à Marc)* : Qu'est-ce que tu fais ?

MARC : Je vous défends ! Je vous défends contre le père la Charrette ! Puisque vous faites la Choutrouille, il vous faut un Barbouilleux, pour vous défendre !

LÉON *(pleurant de rire)* : À la cantine on ferait… On ferait…

ALBERT *(à Marc)* : Ça va vraiment pas !

MARC : C'est vous, qui n'allez pas ! Imaginer une Choutrouille en plein collège !

ALBERT : Mais on rigole !

MARC : Mais le père La Charrette, lui, il ne rigole pas ! Une Choutrouille dans un collège ? Mais c'est pire qu'une Choutrouille ordinaire ! C'est envahir le dernier bastion de la culture ! Ça peut nous coûter très cher !

LÉON *(toujours hilare)* : À la cantine on ferait... On ferait...

MARTINE : On ferait ?

LÉON : Des bruits avec la bouche !

Léon fait des bruits avec la bouche et rit tout seul. Un hurlement retentit.

Mme DOGUE : Ah ! Zut !... Vous m'avez tellement fait rire qu'il m'est sorti de la tête, celui-là...

Elle sort.

MARC : C'était pas un paquet de neige.

ALBERT : Ce qu'on vient d'entendre ? Bien sûr que non !... Pourquoi tu parles de paquet de neige ?

MARC : Ce que j'ai renversé tout à l'heure, c'était pas un paquet de neige.

ALBERT : Mais ce qu'on vient d'entendre ?

MARTINE : Ça ressemble à un hurlement de bête sauvage…

POUPETTE : D'une sauvagerie tellement froide... !

GUENIÈVRE : D'une froidure tellement sauvage... !

MARC : C'est son chien.

ALBERT : Son chien ? Le chien de qui ?

MARC : Le chien du père La Charrette ! Le Chien de l'Institueur !

ALBERT : Mais l'Institueur n'a pas de chien !

MARC : Mais si ! La preuve, c'est que je l'ai renversé.

ALBERT : Hein ?... Mais même si tu avais renversé un chien, en quoi est-ce une preuve que le père La Charrette a un chien !

MARC : Parce que ce chien, je l'ai déjà renversé l'année dernière ! Au même endroit et dans les mêmes circonstances ! Ce qui veut dire que c'est un chien surnaturel ! Donc, c'est le chien du père La Charrette !

LÉON : Ça veut rien dire parce que le père La Charrette, c'est comme un fantôme et des fois les fantôme de ma rue, ils ont pas des chiens surnaturels, ils ont des chiens normaux !...

MARC : Je vous dis que c'est son chien ! Je le connais !

MARTINE : Tu connais son chien ?

MARC : C'est surtout lui que je connais.

ALBERT : Tu connais l'Institueur !

MARC : Oui : je l'ai eu en primaire...

ALBERT : Je ne comprends plus rien !

Entrée de Mme Dogue.

Mme DOGUE : Moi je comprends tout !... Pourquoi vous ne m'avez rien dit ?

MARC : J'ai essayé de vous en parler ! Mais dès qu'on abordait la question, c'était tout de suite le mur : « mon mari est en stage... Laissons-lui le temps de se reconvertir... »

MARTINE : Ah oui au fait, votre mari ? Son stage de reconversion, qu'est-ce que ça donne ?

GUENIÈVRE *(l'air gêné)* : Maman !...

Mme DOGUE : Vous imaginez ce qu'il a vécu ?... Sortir avec notre chien Phœnix…

MARTINE : Tiens, c'est vrai, on ne le voit plus lui !…

Mme DOGUE : En pleine forme, souriants, heureux tous les deux d'aller jouer dans la neige, et revenir avec… avec… ça ! Vous imaginez son traumatisme ?

MARTINE : Avec quoi ? Il faudrait qu'on m'explique, parce que je ne comprends rien…

Mme DOGUE *(à Marc)* : Elle a raison, il est temps de donner des explications, alors allez-y !

MARC : Bon ben j'y vais… *(un temps)* Ça ne vous rappelle rien, cette soirée ?... L'année dernière… Exactement les mêmes circonstances ! Même temps, même répétition qui ne décolle pas et tourne à la Choutrouille. Comme aujourd'hui ! Sauf que c'était encore pire qu'aujourd'hui, parce que les quintuplés étaient là, et avaient mis le turbo. Albert, là, tu rigolais pas. Au contraire, tu essayais d'élever le débat comme moi aujourd'hui. Tu m'as même demandé de l'aide !… Moi, vous me connaissez : quand on me demande de l'aide, ça m'angoisse, ça me donne des palpitations, la chair de poule, je préfère me défiler, quitte à passer pour un lâche !... Donc je sors... Je vais sur le parking, je démarre ma caisse... Malgré la neige, j'arrive à sortir... Je passe devant la cantine... Et qu'est-ce que je vois ?... Un homme ! Littéralement plaqué à la fenêtre, imprimé sur la vitre... En train d'assister à la répétition !...

Mme DOGUE : Mon mari.

MARC : Il avait un air tellement singulier, un mélange de passion et de colère, que ça m'a fasciné, au point de quitter la route des yeux. Oh pas longtemps ! Cinq secondes... Mais même une seconde, c'est suffisant, pour un accident !

MARTINE : Un accident ?

MARC : Oui un accident !... Idiot !... Un choc léger, presque minable... Une masse molle qui retombe sur le capot... Je m'arrête, je descends... Je vois une laisse... rétractable... Longue ! Très longue !... Tendue entre la cantine et la route... Et au bout, Phœnix ... mort... *(À la principale)* Mme Dogue, c'est moi qui ai tué votre chien...

Mme DOGUE : Je suis au courant. Continuez !

MARC : Je vous jure que j'ai voulu prévenir votre mari ! Mais je pouvais pas laisser la voiture au milieu de la route !... Alors, je suis reparti la garer sur le parking. Et, en revenant à pied, je vois passer le chasse-neige. Grâce aux lampes de rue, j'ai pu distinguer une traînée sombre derrière lui, et j'ai tout de suite compris... J'ai couru jusqu'au lieu de l'accident : plus de Phœnix... Enfin si, il restait...

Mme DOGUE : Il restait la peau... Attachée à la laisse...

MARC : Le reste était parti s'étaler jusqu'à La Perdurie... Alors vous imaginez, cette dépouille vide qui pendouille comme une loque, je n'ai pas eu le courage de la lui ramener : je me suis barré.

Mme DOGUE : Et vous avez pensé à mon pauvre Maurice qui, rembobinant la laisse, découvre cette horreur ? Vous imaginez son traumatisme ? Il en a tellement été choqué qu'il en a perdu la mémoire !

MARTINE (*croyant avoir compris*) : D'accord !!!... Et c'est pourquoi il a décidé de se reconvertir ! N'ayant plus de mémoire, il ne pouvait plus exercer son métier de professeur des écoles !

GUENIÈVRE : Mais Maman, t'as pas encore compris ! Sa reconversion, c'était une cure !

MARTINE : Une cure ? Tu veux dire dans un...

GUENIÈVRE : Oui.

Mme DOGUE : Non pas « dans un... » ! Dans une maison de repos !... Mais taisez-vous ! Il va l'entendre ! Il ne veut pas qu'on en parle !

ALBERT : Comment ça, il va l'entendre ? Il est là ?

Mme DOGUE : Bien sûr, qu'il est là !... Ses thérapeutes ont voulu qu'on tente une expérience... qu'il revive l'accident pour se souvenir...

GUENIÈVRE : Mais alors, les grognements, les hurlements qu'on entend depuis tout à l'heure...

Mme DOGUE : C'est mon mari, c'est M. Dogue !...

ALBERT : Et ce qui vient d'arriver à Marc...vous voulez quand même pas dire que...

Mme DOGUE : Si ! Exactement ! On a empaillé Phœnix et on l'a jeté sur la route au passage d'une voiture...

ALBERT : Et le hasard a voulu que ça retombe sur lui !... *(à Marc)* Eh bien voilà, tout s'explique... Tu as raison, ce n'était pas un paquet de neige...

Nouveaux hurlements...

MARC *(terrifié)* : Ça y est, il arrive !

Mme DOGUE : Oui, c'est lui... Quand il hurle comme ça, c'est qu'il n'est pas content…

POUPETTE : Il est dangereux ?

Mme DOGUE : S'il a suivi la conversation, je crains le pire !... Avec la bouche d'aération, on entend comme si on était dans la pièce !

GUENIÈVRE *(cherchant protection auprès de sa mère)* : Maman…

MARC : Je l'avais dit, qu'il ne fallait pas mélanger la Choutrouille avec le collège ! On rigole pas avec ça !

ALBERT : Mais arrête avec ta Choutrouille ! Il n'y a aucun rapport entre la Choutrouille et M. Dogue !

MARC : Si ! C'est lui, l'Institueur !

ALBERT : Mais enfin, ça ne se peut pas ! C'est tout à fait naturel, ce qui s'est passé ! Même ton accident avec le chien s'explique : c'était une peluche !

Mme DOGUE : Non, c'était Phœnix.

MARC : Tu vois !…

Mme DOGUE : Mais empaillé.

ALBERT : Tu vois !...

MARC : Mais ce n'est pas l'accident, qui m'inquiète ! C'est le fait que M. Dogue a été instituteur !

MARTINE : Et alors ?

MARC : Il était tellement sévère, à nous fusiller du regard à la moindre erreur, qu'on l'appelait déjà l'Institueur ! Alors, maintenant qu'il se promène dehors la nuit du solstice tout en ayant perdu la raison, il constitue l'enveloppe corporelle idéale pour l'esprit du père La Charrette qui hante la forêt depuis des siècles ! Et si le père La Charrette arrive à se réincarner, ça veut dire que c'est la fin : nous allons tous y passer !

MARTINE : Sans aller jusque-là, il est certain qu'il pourrait s'identifier au personnage...

Mme DOGUE : Oui, je pense qu'il y a un vrai danger...

GUENIÈVRE : Sauf, qu'il n'a pas de charrette pour nous emporter...

MARTINE : Il fera tout le travail sur place...

Mme DOGUE : Je l'ai entendu fouiller dans l'atelier, tout à l'heure… Comme s'il préparait des outils…

MARC : Albert, il faut faire quelque chose !

ALBERT : Hein ?

MARC : Toi seul peut nous sauver !

ALBERT : Moi ?

MARC : Reprends la mise en scène !

ALBERT : Quoi ? Tu veux que je reprenne la mise en scène ?

MARC : Nous serons aussi disciplinés, aussi obéissants que des marionnettes !

Mme DOGUE : C'est peut-être une solution… Il est très épris de culture, un peu idéaliste, comme vous… S'il assiste à du travail sérieux, il est possible qu'il s'apaise, et même que ça débloque des choses en lui…

POUPETTE : Oui, c'est ça qu'il faut !… Refaites-nous travailler, Monsieur !

LÉON : Moi, je veux bien.

GUENIÈVRE : S'il vous plaît, Monsieur…

POUPETTE : Dites oui !

MARTINE : Albert, je ne dirai rien !... Je serai, nous serons tous les marionnettes dont tu rêves…

Silence. Albert réfléchit, puis...

ALBERT : Non ! Non, non et non !... Il n'en est pas question !

Bruits d'applaudissements. M. Dogue apparaît à la fenêtre. Sa voix, filtrée par la bouche d'aération, est un peu caverneuse.

M. DOGUE : Bravo Albert ! Bravo ! Ça fait un an que j'attends ça ! Je savais bien que tu finirais par virer cette bande de minus !

Mme DOGUE : C'est bon, Maurice ! Tu es fier de ton effet ? Eh bien maintenant, rentre, tu vas prendre froid !

M. DOGUE : Maurice ? Quel Maurice ? Ici, il n'y a pas de Maurice. Il n'y a que le père La Charrette !

MARC : Voilà ! Je m'en doutais !

M. DOGUE : Et c'est pas moi qui vais entrer, c'est vous qui allez sortir !

LÉON : Oh là là !... Il veut qu'on sorte par ce froid ! Il est vraiment méchant !

M. DOGUE : Non, je ne suis pas méchant : je viens sauver Albert. Je viens l'aider à s'extirper de la glaise immonde que vous constituez pour lui et qui l'empêche de prendre son essor !

MARTINE : Mais c'est tout le contraire ! On est prêt à devenir ses marionnettes pour qu'il puisse réaliser librement tous ses projets !

M. DOGUE : Il ne suffit pas d'avoir la tête creuse, pour être une marionnette ! Il faut du talent ! Il faut savoir être grand dans une apparence modeste ! Tout le contraire de vous !

Mme DOGUE *(applaudissant)* : Très belle répartie… Et maintenant que tu as fait ton numéro, tu peux rentrer !... Et vite, sinon j'appelle les gendarmes !

M. DOGUE : Et ils vont venir comment, tes gendarmes ? En téléphone portable ? Ils sont bloqués à La Perdurie !... Bon, assez discuté : j'ai trouvé un grand bidon d'essence, vous sortez, ou je fais tout cramer…

MARC : Mais une fois dehors, vous allez nous faire du mal ?

M. DOGUE : Surtout à toi, assassin ! J'ai bien écouté ton histoire, et ça y est, la mémoire m'est revenue ! Ça a tout débloqué dans mon cerveau !

Mme DOGUE : Ah ! Ben, c'est une bonne nouvelle !

M. DOGUE : Oui, tout débloqué ! Surtout la haine ! Tu entends, Lassouche ? La haine ! Tu vas payer, mon cochon !...

MARC : Oh là là !...

M. DOGUE : Mais les autres aussi, n'ayez pas peur, y'en aura pour tout le monde parce que tout le monde est coupable !... Et vous en faites pas, j'ai tout l'outillage pour vous en faire baver ! Tronçonneuse, perceuse et tout le toutim !

Mme DOGUE : Arrête ! Tu me fais rire avec ton outillage ! Tu n'oseras jamais !

M. DOGUE : Ah ! Je te fais rire ! Eh bien sors, qu'on rigole ensemble !

MARC (*à Mme Dogue*) : Arrêtez ! Vous l'énervez !

MARTINE : Calmez-vous, M. Dogue ! Moi je vous crois ! Nous vous croyons tous... Père La Charrette !

M. DOGUE : Oh n'essaie pas de m'embobiner, toi, t'es encore pire que les autres !

GUENIÈVRE : Nous ferons tout ce que vous voulez !

M. DOGUE : Tout ce que je veux ? Eh bien, ce que je veux, c'est que vous sortiez !

MARTINE : On n'embêtera jamais plus Albert !

GUENIÈVRE : On démissionnera tous du club théâtre, de cette façon, il pourra travailler tranquillement avec ses marionnettes…

M. DOGUE : Vous feriez ça ?

POUPETTE : Enfin moi…

MARTINE : Si si !... Même Poupette !

M. DOGUE : Même Poupette ?

POUPETTE *(à contrecœur)* : D'accord… Même Poupette…

M. DOGUE : Même Poupette ! Ça change tout !... Bon je veux bien faire un effort…

Soupirs de soulagement.

M. DOGUE : Donc je vous autorise à sortir les uns après les autres en attendant dix minutes entre chaque personne... De cette façon les derniers pourront encore vivre au moins une heure, pendant que je m'occupe des premiers... Après ça, ne dites pas que je ne cherche pas à vous arranger...

Grogne généralisée.

M. DOGUE : Bien sûr, ce n'est pas vous qui déciderez de l'ordre, c'est M. Hosse.

TOUS : M. Hosse ?!

M. DOGUE : Enfin non, je veux dire : sa marionnette !

MARTINE : Sa marionnette ? *(à Albert)* Donc, c'est vrai : tu te lances dans les marionnettes ?

ALBERT *(sortant sa marionnette, avec une froideur soudaine, et l'enfilant sur sa main)* : Enfin, pour l'instant, je n'en ai qu'une. Elle s'appelle Cochetta... J'avais hâte de vous la présenter...

MARC : Mais Albert, qu'est-ce que tu fais ?... Tu ne vas pas... ?

ALBERT : Je suis obligé, Marc... *(Ambiance pesante)*. Voilà, je vous présente Cochetta, qui appartient à la famille des chaussettes. Vous dites bonjour à Cochetta…

Tous se forcent à lui dire bonjour…

COCHETTA : Coucou tout le monde… Enchantée de faire votre connaissance. Albert m'a beaucoup parlé de vous…

ALBERT : Donc, ma chère Cochetta, tu as entendu ce qu'a dit le monsieur à la fenêtre, il voudrait que tu…

MARC : Mais enfin, Albert, ce n'est pas possible ! Tu ne vas pas faire ça ?…

ALBERT : Faire quoi ?

MARC : Eh bien lui obéir ! Donner nos noms ! Établir une liste de condamnés à mort !

COCHETTA : Marc a raison ! Ce n'est pas bien du tout !... Du moins tant qu'une question n'a pas été réglée !

ALBERT : Une question ?

COCHETTA : Oui, tu dois d'abord leur dire ce que tu penses de leur démonstration ! Ils devaient te prouver qu'ils étaient fiables, que ça valait la peine de travailler avec eux... Alors, c'est quoi le verdict ?

ALBERT : Ah, mais ça, c'est réglé depuis longtemps, Cochetta ! Ils ne sont pas fiables !... Ils sont même nuls !... Inutile d'en rajouter, c'est suffisamment tragique...

MARTINE : Merci pour ta délicatesse...

ALBERT : Ben oui surtout toi, Martine... Mauvaise à ce point ! Ça doit être dur à vivre !... Et je ne parle pas de la façon dont tu traites ta fille... C'est pas mes histoires... Mais enfin... Non franchement, Cochetta, tu peux y aller, balance ta liste ! C'est tout ce qu'ils méritent !... Allez, on est parti !

M. DOGUE : Bravo Albert ! Voilà comment il faut traiter avec la vermine ! Allez, Cochetta, on t'écoute !

Un temps.

COCHETTA : J'hésite... Heu... Tu veux pas m'aider, Albert ?...

ALBERT : Tu as une idée mais tu n'oses pas la formuler, c'est ça ?

COCHETTA : Oui, c'est un peu dur à prononcer... C'est coincé en travers de la gorge...

ALBERT : Le nom qui te vient à l'esprit commence par un A ? Un B ?

COCHETTA : un C.

ALBERT : un C ?… Attends, laisse-moi deviner… Tu veux quand même pas dire que c'est…

COCHETTA : Si… Cochetta… C'est Cochetta, c'est moi.

ALBERT : Eh bien, dis donc, si je m'attendais à ça !... Mais après tout, si telle est ta décision… Tu seras donc la première à y passer !... Allez hop !

Comme s'il était pris d'une folie subite, il arrache, d'un seul geste, les yeux et la langue de Cochetta puis ôte sa main de la chaussette qu'il jette devant lui.

M. DOGUE : Mais enfin, Albert, qu'est-ce qui te prend ? La pauvre marionnette qui allait enfin nous sauver de la bérézina ! Pourquoi t'as fait ça ?

POUPETTE (*se précipitant, avec Guenièvre, sur la dépouille*) : Pauvre Cochetta !

ALBERT : Pourquoi, j'ai fait ça ? Parce que c'était la solution ! Cette marionnette, c'était la meilleure des solutions ! Alors, j'ai préféré la détruire !

MARTINE : Hein ? Drôle de logique !

ALBERT : Les solutions, c'est fait pour arranger les choses ! Les solutions, c'est fait, par exemple, pour faire des spectacles, quitte à ce que ce soit des spectacles de chaussettes ! Vous vous rendez compte, j'allais faire un spectacle de chaussettes ! Moi, Albert Hosse ! Parce que c'était la solution !... La solution !... La solution, ça lisse tous les problèmes ; la solution, ça met tout le monde d'accord ; la solution ça simplifie la vie ! Mais est-ce que vous pensez que la vie est simple ? Est-ce que vous pensez que ce qui s'est passé ce soir est simple ? Est-ce que vous pensez que ce que j'ai dans la tête est simple ?... Non ! Dans ma tête, c'est confus, c'est ingérable, tellement ça se délite dans tous les sens ! C'est un peu comme Léon avec son futur collège : c'est la Choutrouille !... Et la vie, aussi, c'est la Choutrouille ! On l'a bien vu ce soir... Vouloir la simplifier ? Mais ce serait aller contre elle, ce serait refuser de vivre !... Or, je veux vivre !

Un temps.

MARC : Albert, je sens que tu veux nous dire quelque chose...

ALBERT : Bien sûr que je veux dire quelque chose !... Vous ne l'avez pas compris ?... Je continue !... Je continue le théâtre !... Voilà ce que je veux vous dire !

MARC : Tu continues ?... Comment ça ?... Avec nous ! ?

ALBERT : Oui, avec vous.

MARTINE : Tu plaisantes ?

ALBERT : Ah je n'exclus pas l'idée qu'on aille droit dans le mur, surtout avec toi, Martine, mais au moins, allons-y gaiement ! Après tout, c'est pas grave, c'est la vie !

LÉON : Et la vie, c'est la Choutrouille !

ALBERT : Exactement !

M. DOGUE : La vie, c'est la Choutrouille ? Et tu crois que moi, le père La Charrette, je vais avaler ça ?... Tu crois que moi, le père La Charrette, je vais laisser s'installer cette infâme déchéance dans un établissement scolaire ?

ALBERT : Arrête avec ton père La Charette ! Tu n'es pas le père La Charette ! Et tu ne pourras jamais l'être !... Tout simplement parce que c'est une légende !... Mais ça y est ! Je sais qui tu es ! Tu es le Barbouilleux ! À rester collé à la fenêtre comme un vieil insecte ! C'est exactement ça !... Continue ainsi, c'est parfait !

M. DOGUE *(vexé)* : Merci, Albert... Je te pensais plus sobre et distingués que les autres, mais t'as la même langue bien pendue... Une langue de vipère qui fouine jusque dans les encoignures de poubelles !

ALBERT *(radouci)* : Je suis peut-être un peu dur, je le reconnais, mais tu ne trouves pas, Maurice, qu'il serait temps d'arrêter les enfantillages ?... Dehors en pleine nuit, comme ça, sous la neige... À ton âge...

MARC : Oui, rentrez !... Vous prendrez ma place ! Comme ça, vous continuerez de faire le Barbouilleux, mais au sec.

M. DOGUE : C'est ça, l'assassin, moque-toi !

MARTINE : Il n'a pas tort ! Au moins, vous serez au chaud...

Mme DOGUE : Ils ont raison, Maurice... Et attention ! Si tu es malade, on va encore devoir faire venir l'infirmière !

M. DOGUE : L'infirmière ? Tu veux dire celle qui... ?

Mme DOGUE : Oui, celle qui fait les piqûres.

M. DOGUE : Ah non, pas elle, elle est méchante !

Mme DOGUE : Elle est méchante quand on n'est pas sage !

M. DOGUE : OK, vous avez gagné. Vous voulez que je fasse le Barbouilleux, eh bien, vous allez pas être déçus !... Je vais vous montrer ce que c'est, que la vraie culture !

Il quitte la fenêtre.

LÉON : Mais alors, s'il y a un Barbouilleux, ça veut dire qu'on fait vraiment la Choutrouille ?

Mme DOGUE : Bien sûr mon garçon... Et tu m'accompagnes à la cantine, on va aller chercher de quoi la préparer !

MARTINE : On va vous aider !

MARC : Mais pour la bouillasse, comment on fait ?

POUPETTE : On prendra de la neige fondue !

Ils sortent tous.